Sete dias para uma eternidade...

Do Autor:

E se Fosse Verdade...

Onde Você Está?

Marc Levy

Sete dias para uma eternidade...

ROMANCE

Tradução
Maria Alice Araripe de Sampaio Doria

Copyright © 2003 Editions Robert Laffont/Suzanna Lea Associates

Título original: *Sept jours pour une éternité...*

Capa: Rodrigo Rodrigues

2004
Impresso no Brasil
Printed in Brazil

CIP-Brasil. Catalogação-na-fonte
Sindicato Nacional dos Editores de Livros, RJ

L65s	Levy, Marc, 1961-
	    Sete dias para uma eternidade... / Marc Levy; tradução Maria Alice Araripe de Sampaio Doria. — Rio de Janeiro: Bertrand Brasil, 2004.
	    256p.
	
	    Tradução de: Sept jours pour une éternité...
	    ISBN 85-286-1065-9
	
	    1. Romance francês. I. Doria, Maria Alice Araripe de Sampaio, 1948-. II. Título.

	CDD – 843
04-1250	CDU – 821.133.1-3

Todos os direitos reservados pela:
EDITORA BERTRAND BRASIL LTDA.
Rua Argentina, 171 — 1º andar — São Cristóvão
20921-380 — Rio de Janeiro — RJ
Tel.: (0xx21) 2585-2070 — Fax: (0xx21) 2585-2087

Não é permitida a reprodução total ou parcial desta obra, por quaisquer meios, sem a prévia autorização por escrito da Editora.

Atendemos pelo Reembolso Postal.

*Para Manine,
para Louis.*

O acaso é a forma que Deus
assume para passar incógnito.

Jean COCTEAU

No princípio Deus criou o céu e a terra. Houve tarde e houve manhã.

1

Primeiro Dia

Deitado na cama, Lucas olhou para o pequeno diodo do seu bipe que piscava freneticamente. Fechou o livro e colocou-o de lado, feliz da vida. Era a terceira vez, em quarenta e oito horas, que relia aquela história e, do que se recordava do inferno, nunca uma leitura lhe dera tanto prazer.

Ele acariciou a capa com a ponta do dedo. Esse tal de Hilton estava prestes a se tornar o seu autor predileto. Pegou novamente o livro, feliz por um hóspede tê-lo esquecido na gaveta da mesa-de-cabeceira do quarto do hotel e jogou-o, com um gesto certeiro, na mala aberta do outro lado do cômodo. Olhou para o relógio em cima da mesa, se espreguiçou e saiu da cama. "Vá, levanta-te e anda"*, disse, alegre. Em frente ao

---

* Palavras de Jesus ao curar o paralítico de Cafarnaum. Marcos, 2,10. *Bíblia, Mensagem de Deus*, Edições Loyola, São Paulo, 1993. (N. T.)

espelho do armário apertou o nó da gravata, endireitou o paletó do terno preto, pegou os óculos de sol na mesinha ao lado da televisão e os colocou no bolso de cima do paletó. O bipe preso no passante da calça continuava a vibrar. Empurrou com o pé a porta do único armário e foi até a janela. Afastou o *voile* acinzentado e imóvel para estudar o pátio interno, nenhuma brisa viria expulsar a poluição que invadia o centro de Manhattan e se estendia até os limites de TriBeCa*. O dia ia ser muito quente, Lucas adorava o sol, e ninguém melhor do que ele sabia o quanto era nocivo! Nas regiões de seca, não era o sol que proporcionava a proliferação de todos os tipos de germes e bactérias, não era ele mais impiedoso do que aquela "senhora" com a foice ao fazer a triagem entre os fracos e os fortes? "E houve luz!**" ele cantarolou, tirando o fone do gancho. Pediu à recepção que fechasse a sua conta, a viagem a Nova York havia sido abreviada, e, em seguida, saiu do quarto.

No fim do corredor, desconectou o alarme da porta que dava para a escada de emergência.

Ao chegar à saída lateral, tirou o livro da mala antes de se livrar dela, jogando-a num grande contêiner de lixo, e seguiu num passo rápido pela ruela.

Na ruazinha do SoHo*** de calçamento irregular, Lucas espiou com um olhar de cobiça uma sacada de ferro forjado, que só resistia à tentação de desabar devido a dois rebites enferrujados. A locatária do terceiro andar, jovem modelo de seios

---

* Tribeca: Bairro ao sul de Manhattan.
** Gênese, 1,3. *Bíblia, Mensagem de Deus*, Edições Loyola, São Paulo, 1993. (N. T.)
*** Bairro de Manhattan.

muito bem esculpidos, barriga insólita e lábios carnudos, estava deitada numa espreguiçadeira sem desconfiar de nada, e era melhor que assim fosse. Dentro de poucos minutos (se a vista não o enganasse, e nunca o enganava) os rebites cederiam. Então a moça maravilhosa seria encontrada três andares abaixo, o corpo desconjuntado. O sangue, que escorreria do ouvido entre os interstícios do calçamento, reforçaria o terror estampado no rosto dela. A linda carinha permaneceria assim, estática, até que se decompusesse numa caixa de madeira de pinho onde a família da moça a teria encaixotado e, em seguida, deixado sob uma laje de mármore e alguns litros de lágrimas inúteis. Uma coisinha de nada que daria, no máximo, quatro linhas mal redigidas no jornal do bairro e custaria um processo ao síndico do imóvel. Um responsável técnico da prefeitura perderia o emprego (sempre há um culpado), um dos seus superiores engavetaria o caso, concluindo que o acidente se teria transformado num drama se houvesse transeuntes embaixo da sacada. Portanto, havia um Deus na Terra e, no fim das contas, esse era o verdadeiro problema de Lucas.

 O dia poderia ter começado às mil maravilhas se no interior do elegante apartamento o celular não tocasse e se a idiota que o ocupava não o houvesse deixado no banheiro. A estúpida cabecinha-de-vento se levantou para ir buscá-lo: decididamente, há mais memória num Mac do que no cérebro de uma modelo, Lucas disse a si mesmo, decepcionado.

 Lucas cerrou os dentes e os maxilares rangeram, como a mandíbula do caminhão de lixo que descia na sua direção e que, ao passar, fazia a rua tremer. Num estalido seco e bem audível, o conjunto metálico se soltou da fachada e despencou. No andar inferior, uma janela explodiu, pulverizada por um pedaço da balaustrada. Um gigantesco amontoado de traves de ferro enferrujadas, habitações trogloditas de colônias de bacilos do tétano, caiu no calçamento. O olhar de Lucas se iluminou novamente, uma viga pontiaguda de metal caía em direção ao solo numa velocidade vertiginosa. Se os seus cálculos instantâneos estivessem corretos, e sempre estavam, nem tudo estava perdido. Dirigiu-se displicentemente para o meio da rua, forçando o motorista do caminhão a frear. A viga atravessou a cabine da caçamba e se enterrou no peito do motorista, o caminhão deu uma tremenda guinada. Os dois lixeiros, empoleirados no estribo traseiro, nem tiveram tempo de gritar: um deles foi abocanhado pela goela escancarada do compactador e imediatamente esmagado pelas mandíbulas que, imperturbáveis, faziam o seu trabalho, e o outro foi projetado para a frente, deslizando inerte no calçamento de pedra britada. A roda da frente passou em cima da perna dele.

Nas suas viravoltas, o Dodge se chocou com um poste de iluminação e mandou-o pelos ares. Os fios elétricos, agora desencapados, tiveram a boa idéia de sair ricocheteando até a valeta cheia de água suja. Um ramalhete de faíscas anunciou o gigantesco curto-circuito que afetou todo o quarteirão. Nos arredores, os sinais dos cruzamentos ficaram de luto, tão pretos quanto o terno de Lucas. Já se podia ouvir ao longe o barulho das primeiras colisões nos entroncamentos abandonados à própria sorte. Na interseção da Crosby Street e da Spring, o choque do enlouquecido caminhão de lixo com um táxi amarelo foi inevitável. Atingido de lado, o Yellow Cab entrou pela vitrine da loja do Museu de Arte Moderna. "Mais um problema para a vitrine deles", murmurou Lucas. A roda dianteira do caminhão escalou um carro estacionado, os faróis agora apagados apontavam para o céu. A pesada caçamba se contorceu num ruído de chapas metálicas dilaceradas e, em seguida, tombou de lado. As toneladas de detritos nela contidas foram vomitadas das entranhas e a rua ficou coberta por um tapete de imundícies. Ao alvoroço do drama consumado sucedeu um silêncio de morte. O sol continuava tranqüilamente o seu curso em direção ao zênite, o calor de seus raios em breve deixaria pestilenta a atmosfera do bairro.

Lucas arrumou o colarinho, tinha um horror dos diabos de que as fraldas da camisa aparecessem por baixo do paletó. Contemplou a extensão do desastre a sua volta. Eram apenas nove horas no seu relógio e, afinal, um belo dia começava.

A cabeça do motorista do táxi estava apoiada no volante e acionava a buzina que soava em uníssono com o apito dos rebocadores do porto de Nova York, um lugar muito bonito quando o tempo estava agradável, como nesse domingo de fim de outono. Lucas foi até lá. Do porto, um helicóptero o levaria até o aeroporto de LaGuardia, o seu avião decolaria dentro de sessenta e seis minutos.

*
* *

O cais 80 do porto comercial de São Francisco estava deserto, Zofia desligou lentamente o telefone e saiu da cabine. Franzindo os olhos por causa da luz, contemplou o molhe oposto. Um enxame de homens se movimentava em torno de gigantescos contêineres. Das cabines dos guindastes, empoleirados lá no céu, os manobristas dirigiam um balé sutil de paus-de-carga que se cruzavam no alto de um imenso cargueiro de partida para a China. Zofia suspirou, mesmo com a maior boa vontade do mundo, não podia fazer tudo sozinha. Possuía muitos dons, mas não o da ubiqüidade.

A bruma já cobria o tabuleiro da Golden Gate, e só os cimos dos pilares da ponte ultrapassavam a espessa neblina que progressivamente invadia a baía. Em poucos minutos, a atividade portuária deveria parar por falta de visibilidade. Zofia, encantadora no seu uniforme de chefe da segurança, tinha pouco tempo para convencer os contramestres sindicalizados a interromperem o trabalho dos estivadores pagos por tarefa executada. Se ao menos conseguisse se enfurecer!... A vida de um homem deveria ter mais peso do que algumas caixas carregadas às pressas; entretanto, os homens não mudariam de opinião tão rapidamente, caso contrário ela não precisaria estar ali.

Zofia gostava da atmosfera que reinava nas docas. Sempre tinha muito o que fazer naquele lugar. Toda a miséria do mundo se reunia na sombra dos velhos armazéns. Os sem-teto haviam escolhido o local para domicílio, mal protegidos das chuvas de outono, dos ventos glaciais que o Pacífico lançava sobre a cidade quando o inverno chegava e pelas patrulhas policiais que não gostavam de se aventurar nesse universo hostil, qualquer que fosse a estação do ano.

— Manca, pare-os!

O homem de ombros largos fingiu não ouvir. No grande bloco de anotações apoiado na barriga, ele copiava o número de um contêiner que se elevava no céu.

— Manca! Não me obrigue a lavrar um auto de infração, pegue o seu rádio e mande parar os trabalhos, agora! — continuou Zofia. — A visibilidade é inferior a oito metros e você sabe muito bem que, abaixo de dez, a sirene para a interrupção dos trabalhos já deveria ter soado.

O contramestre Manca rubricou a página e entregou-a ao jovem apontador que o auxiliava. Com um movimento da mão fez um sinal para que o rapaz se afastasse.

— Não fique aí, você está bem embaixo da carga: quando essa coisa se soltar, não terá perdão!

— É, mas essa coisa nunca vai se soltar. Manca, ouviu o que eu disse? — insistiu Zofia.

— Que eu saiba, não tenho uma visão a *laser*! — resmungou o homem coçando a orelha.

— Mas a sua má-fé tem mais precisão do que qualquer telêmetro! Não tente ganhar tempo, feche esse porto imediatamente, antes que seja tarde demais.

— Faz quatro meses que você trabalha aqui e a produtividade nunca foi tão baixa. É você quem vai alimentar as famílias dos meus colegas no fim da semana?

Uma empilhadeira se aproximou da área de descarga. O tratorista já não enxergava muita coisa e os garfos frontais evitaram por um triz a colisão com um reboque-plataforma.

— Vamos, dê o fora, mocinha, sabe muito bem que está atrapalhando!

— Não sou eu quem está atrapalhando, é a neblina. Você só precisa mudar a forma de pagamento dos estivadores. Tenho certeza de que os filhos deles ficarão mais felizes em ver os pais hoje à noite do que receber o seguro de vida do sindicato. Rápido, Manca, dentro de dois minutos vou instaurar um processo contra você e irei acusá-lo pessoalmente diante do juiz.

O contramestre encarou Zofia e cuspiu na água.

— Nem se consegue ver os círculos concêntricos formados na água! — disse ela.

Manca deu de ombros, pegou o *walkie-talkie* e se resignou a ordenar a interrupção geral das atividades. Alguns minutos depois, soaram quatro toques de sirene, imobilizando em seguida o balé dos guindastes, os elevadores, os tratores com engate, os pórticos rolantes, as empilhadeiras e tudo o que se movimentava pelo cais ou a bordo dos cargueiros. Ao longe, no invisível, o apito de nevoeiro de um rebocador respondeu à suspensão das atividades.

— Por causa dos dias não trabalhados, este porto acabará fechando.

— Não sou eu quem faz a chuva e o sol, Manca, apenas impeço os homens de se matarem. Pare de fazer essa cara, detesto quando estamos brigados, eu o convido para um café com ovos mexidos. Venha!

— Pode olhar-me com esse jeito de anjo o quanto quiser, mas estou avisando, com dez metros recomeço os trabalhos!

— Só quando puder ler os nomes dos navios nos cascos! Ande, vamos!

O Fisher's Deli, melhor restaurante do porto, já estava lotado. Todas as vezes que havia neblina, os estivadores ali se encontravam para partilhar a esperança de que o céu ia clarear, salvando-lhes a jornada de trabalho. Os mais antigos estavam sentados nas mesas do fundo da sala. De pé, no balcão do bar, os mais jovens roíam as unhas, tentando descobrir além das janelas a proa de um navio ou o pau-de-carga de um guindaste de bordo, primeiros sinais de que o tempo melhorava. Por trás das conversas circunstanciais, todos rezavam, com o estômago embrulhado e o coração apertado. Para esses operários polivalentes que trabalhavam dia e noite, sem nunca se queixar da ferrugem e do sal que se infiltravam nas suas articulações, para esses homens que não conseguiam mais sentir as mãos por causa dos calos grossos, era terrível voltar para casa com uns poucos dólares no bolso, garantidos pelo sindicato.

Uma cacofonia reinava no bistrô — dos talheres que se chocavam, do vapor que apitava na máquina de café e dos gelos raspados nas próprias formas. Nos bancos estofados com uma imitação de couro vermelho, os estivadores se amontoavam em grupos de seis e poucas palavras era ouvidas acima do zunzunzum.

Matilde, a garçonete, com um corte de cabelo à Audrey Hepburn, aspecto frágil na sua blusa de vichi, carregava uma bandeja tão cheia que as garrafas se mantinham em equilíbrio como por encantamento. Com o bloco de pedidos enfiado no avental, ela ia e vinha da cozinha para o balcão, do bar para as mesas, da sala para a janelinha do lavador de pratos. Nos dias de grande nevoeiro, Matilde não tinha descanso, mas, na sua solidão cotidiana, esses eram os seus preferidos. Com os generosos sorrisos, os olhares de soslaio, as respostas ferinas, ela sempre acabava elevando um pouco o moral dos homens que dela se aproximavam. A porta foi aberta, ela se virou e sorriu, conhecia bem quem estava entrando.

— Zofia! Na 5! Rápido, quase precisei subir na mesa para guardá-la para você. Vou trazer um café imediatamente.

Zofia se sentou, acompanhada do contramestre que continuava a reclamar:

— Faz cinco anos que eu digo para eles instalarem uma iluminação de tungstênio; ganharíamos, no mínimo, vinte dias de trabalho por ano. Além disso, esses regulamentos são idiotas, os meus rapazes conseguem continuar trabalhando com cinco metros de visibilidade, todos eles são profissionais.

— Os aprendizes representam trinta e sete por cento dos efetivos, Manca!

— Os aprendizes estão ali para aprender! A nossa profissão é transmitida de pai para filho e ninguém aqui está brincando com a vida dos outros. Uma licença de estivador precisa ser merecida, com qualquer tempo.

O rosto de Manca suavizou-se ao serem interrompidos por Matilde, que lhes trazia o pedido, orgulhosa da própria agilidade, adquirida com a experiência.

— Dois ovos mexidos com *bacon* para Manca. Você, Zofia, suponho que não vá comer, como sempre. Mesmo assim eu lhe trouxe um café, que você não vai tomar, com leite sem espuma. Pão, *ketchup*, está tudo aí!

Já de boca cheia, Manca agradeceu. Com uma voz insegura, Matilde perguntou a Zofia se estava com a noite livre. Zofia respondeu que passaria para buscá-la no fim do expediente. Aliviada, a garçonete desapareceu no tumulto do bar, que continuava a encher. Do fundo da sala, um homem de aparência séria dirigia-se para a porta. Ao passar pela mesa, parou para cumprimentar o contramestre. Manca limpou a boca e se levantou para saudá-lo.

— O que faz por aqui?

— Como você, vim fazer uma visita aos melhores ovos mexidos da cidade!

— Conhece a nossa oficial da segurança, a tenente Zofia...?

— Ainda não tivemos o prazer — interrompeu Zofia, se levantando.

— Então apresento-lhe o meu velho amigo, inspetor George Pilguez, da polícia de São Francisco.

Cordialmente, ela estendeu a mão para o detetive que a olhava, perplexo, quando o seu bipe, preso no cinto, começou a tocar.

— Acho que alguém a está chamando — disse Pilguez.

Zofia examinou o pequeno aparelho do cinto. Em cima do número 7, o diodo luminoso continuava piscando. Pilguez olhou-a, sorrindo.

— O de vocês vai até o 7? O seu emprego deve ser estupidamente importante; o nosso pára no 4.

— É a primeira vez que este diodo acende — respondeu, aflita. — Sinto muito, mas preciso ir embora.

Ela se despediu dos dois homens, fez um sinalzinho para Matilde, que não a viu, e abriu caminho até a porta, por entre a multidão.

Da mesa, onde o inspetor Pilguez ocupara o lugar dela, o contramestre gritou:

— Vá devagar, a menos de dez metros de visibilidade nenhum veículo está autorizado a circular pelo cais!

Mas Zofia não ouviu; e levantando a gola do casaco de couro, correu para o carro. Mal havia fechado a porta, já deu a partida no motor que pegou imediatamente. O Ford, de chapa branca, pôs-se em marcha e disparou ao longo das docas, a sirene ligada. Zofia não parecia nem um pouco preocupada com a opacidade do nevoeiro, cada vez mais intenso. Dirigia nesse cenário espectral, costurando por entre os pés dos guindastes, ziguezagueando alegremente entre os contêineres e as máquinas paradas. Alguns minutos foram suficientes para que ela chegasse à entrada da zona de atividade mercantil. Diminuiu a velocidade no posto de controle, mesmo que, com esse tempo, a passagem sempre ficasse aberta. A cancela listrada de vermelho e branco estava levantada. O guarda do cais 80 saiu da guarita, porém, nessa *noite branca*, ele não viu nada. Não se enxergava nem a própria mão estendida. Zofia subiu pela 3rd Street, beirando a zona portuária. Depois de atravessar toda a zona chinesa, a 3rd Street, finalmente, bifurcava para o centro da cidade. Imperturbável, Zofia navegava pelas ruas desertas. Novamente o bipe apitou. Ela protestou em voz alta:

— Faço o que posso! Não tenho asas e há limite de velocidade!

Nem bem havia terminado a frase, quando um enorme raio espalhou pela neblina um halo de luz fulgurante. Um trovão de uma violência nunca vista ribombou, fazendo tremer todos os vidros das fachadas dos prédios. Zofia arregalou os olhos, pisando com mais força no acelerador, o ponteiro do velocímetro subiu ligeiramente. Ela diminuiu a velocidade para atravessar a Market Street, não era possível distinguir a cor do sinal, e seguiu pela Kearny. Oito quarteirões ainda separavam Zofia do seu destino, nove, se ela se resignasse a respeitar a mão de direção das ruas, o que, sem dúvida, faria.

Nas ruas sem visão, uma chuva diluviana rasgava o silêncio, gotas enormes explodiam no pára-brisa num ruído ensurdecedor, os limpadores não eram suficientes para retirar a água. Ao longe, só a ponta piramidal do último andar do majestoso arranha-céu do Transamerica Building emergia da espessa neblina escura que cobria a cidade.

*

* *

Afundado na poltrona da primeira classe, Lucas desfrutava, pela janela, do espetáculo diabólico, mas de divina beleza. O Boeing 767 dava voltas em cima da baía de São Francisco, aguardando uma hipotética autorização para pousar. Impaciente, Lucas tamborilava no bipe preso no cinto. O diodo número 7 não parava de piscar. A aeromoça se aproximou para pedir que o desligasse e levantasse o encosto da poltrona: o aparelho se aproximava do aeroporto.

— Ora, então pare de se aproximar, senhorita, e pouse o puto deste avião, estou com pressa!

A voz do comandante de bordo saiu chiada nos alto-falantes: as condições meteorológicas em solo estavam relativamente difíceis, mas devido à falta de combustível nos tanques eram obrigados a descer. Pediu à equipe de bordo que tomasse seus assentos e convocou a chefe de equipe à cabine do piloto. Ele desligou o microfone. A expressão forçada na cara da aeromoça da primeira classe bem que merecia um óscar: nenhuma atriz no mundo conseguiria exibir o sorriso à Charlie Brown que ela estampou nos lábios. A velha senhora sentada ao lado de Lucas, e que não conseguia controlar o medo, agarrou o braço dele. Lucas achou engraçada a umidade das mãos dela e o fato de elas tremerem ligeiramente. A carlinga estava sendo maltratada por uma série de sacolejos, cada qual mais violento do que o outro. A fuselagem parecia sofrer tanto quanto os passageiros. Pelas janelas se podia ver as asas do aparelho oscilarem no máximo da amplitude prevista pelos engenheiros da Boeing.

— Por que a chefe de equipe foi convocada? — perguntou a idosa senhora, à beira das lágrimas.

— Para preparar uma água com açúcar para o comandante! — respondeu Lucas, eufórico. — Está com medo?

— Mais do que isso, eu acho. Vou rezar para a nossa salvação!

— Bobagem! Pare já com isso! Você é uma felizarda, deve preservar essa angústia, faz bem à saúde! A adrenalina limpa tudo. Ela é o desentupidor líquido do circuito sangüíneo, e, além disso, faz o coração trabalhar. Você está ganhando dois anos de vida! Vinte e quatro meses de subscrição grátis; portanto, tudo o que vier é lucro, mesmo que, pela sua cara, os projetos futuros não pareçam lá muito divertidos!

Com a boca seca demais para falar, a passageira enxugou com as costas da mão as gotas de suor da testa. No peito, o coração havia disparado, a respiração ficava difícil e uma grande quantidade de estrelinhas cintilantes lhe atrapalhava a visão. Lucas, exultante, lhe deu umas palmadinhas amigáveis no joelho.

— Se fechar os olhos com bastante força e se concentrar, é lógico, poderá ver a Ursa Maior.

Ele caiu na gargalhada. A vizinha desmaiara e a sua cabeça havia caído no braço da poltrona. Apesar da violenta turbulência, a aeromoça se levantou. Segurando-se da melhor maneira possível nos compartimentos de bagagem, foi na direção da mulher desmaiada. Do bolso do avental tirou um pequeno frasco de sais, abriu-o e passou-o sob o nariz da velhinha inconsciente. Lucas a olhou, ainda mais divertido.

— Olhe que a vovozinha tem desculpas pelo mau comportamento, seu piloto está maltratando a gente sem dó nem piedade. Parece que estamos numa montanha-russa. Diga... fica aqui entre nós, prometo... esse seu remédio do tempo da vovó... para ela... é do tipo mal por mal, o menos fatal?

Ele não conseguiu evitar uma nova gargalhada. A chefe de equipe encarou-o indignada: não achava a situação nada engraçada e disse isso a ele.

Um vácuo brutal jogou a aeromoça na porta da cabine do piloto. Lucas lhe dirigiu um grande sorriso e, sem hesitar, deu um tapa na cara da vizinha, que estremeceu e abriu um olho.

— Pronto, ela está de novo entre nós! Quantas milhas você soma com esta viagenzinha?

Ele se inclinou para sussurrar no ouvido dela:

— Não fique com vergonha, olhe em volta, todos estão rezando, é ridículo!

A senhora não teve tempo de responder; com um barulho ensurdecedor dos motores, o avião acabava de tocar o solo. O piloto inverteu a propulsão dos reatores e fortes jatos d'água açoitaram a carlinga. Finalmente, o aparelhou parou. Dentro do avião, os passageiros aplaudiram os pilotos e se deram as mãos, agradecendo a Deus por tê-los salvo. Exasperado, Lucas desafivelou o cinto de segurança, ergueu os olhos para cima, olhou para o relógio e avançou para a porta da frente.

*
* *

A força da chuva havia redobrado. Zofia estacionou o Ford no meio-fio em frente ao alto edifício. Abaixou o pára-sol, deixando à mostra um pequeno distintivo redondo que exibia as letras CIA. Desceu correndo debaixo do aguaceiro, procurou uma moeda no fundo do bolso e inseriu a única que possuía no parquímetro. Depois atravessou a esplanada, passou diante das três portas giratórias que davam acesso ao saguão principal do majestoso edifício piramidal e o contornou. Mais uma vez o bipe vibrou na sua cintura: ela ergueu os olhos para cima.

— Sinto muito, mas o mármore molhado é muito escorregadio! Todo o mundo sabe disso, exceto, talvez, os arquitetos...

No último andar da torre, sempre se brincava dizendo que a diferença entre Deus e os arquitetos é que Deus não achava que era arquiteto.

Ela andou ao longo da parede do prédio, até uma laje reconhecível pela cor mais clara. Pôs a mão na parede. Um painel deslizou na fachada, Zofia entrou e a abertura se fechou imediatamente.

*
* *

Lucas desceu do táxi e andou com passo firme na mesma esplanada por onde Zofia passara há alguns minutos. Do outro lado do mesmo edifício, ele pôs, como ela, a mão na parede. Uma laje, desta vez mais escura do que as outras, deslizou e ele entrou do lado oeste do Transamerica Building.

*
* *

Zofia não teve nenhuma dificuldade para se acostumar à penumbra do corredor. Sete ziguezagues depois, ela chegou a um grande *hall* revestido de granito branco, onde havia três elevadores. A altura do pé-direito era vertiginosa. Nove globos monumentais, de tamanhos diferentes, suspensos por cabos cujos pontos de fixação não podiam ser distinguidos, difundiam uma luz opalina.

Para ela, cada visita à sede da Agência era motivo de espanto. Decididamente, reinava uma atmosfera insólita naquele lugar. Ela cumprimentou o porteiro que se levantou atrás do balcão.

— Bom-dia, Pedro, tudo bem?

A afeição de Zofia por aquele que sempre vigiara o acesso à Central era sincera. Todas as suas lembranças de passagem por essas portas tão cobiçadas estavam associadas à presença dele. Não era a ele que se devia o clima pacífico e tranqüilizador que reinava na Entrada da Morada, apesar do trânsito intenso? Mesmo nos dias de grande afluência, quando centenas de pessoas chegavam às portas, Pedro, aliás Zeus*, nunca permitia desordem, nem empurra-empurra. Na verdade, a sede da CIA não seria a mesma sem a presença dessa criatura ponderada e atenciosa.

— Muito trabalho nos últimos tempos — disse Pedro. — Você é esperada. Se quiser trocar de roupa, devo ter guardado a chave do seu vestiário em algum lugar, espere um minuto...

Pedro começou a revistar as gavetas do balcão da recepção e murmurou:

— São tantas! Vejamos, onde será que eu pus?

— Não tenho tempo, Zeus! — disse Zofia, andando num passo apressado em direção ao detector de metal.

A porta de vidro girou. Zofia se dirigiu para o elevador da esquerda, Pedro chamou-lhe a atenção, indicando com o dedo o elevador expresso do meio, que subia diretamente ao último andar.

— Tem certeza? — perguntou ela, atônita.

---

* O autor faz uma analogia com o peixe são-pedro, cujo nome científico é *Zeus faber*. (N. T.)

Pedro concordou com a cabeça e as portas se abriram com um sinal sonoro, que repercutiu nas paredes de granito. Zofia ficou confusa por um momento.

— Apresse-se, e um bom dia — disse ele com um sorriso afetuoso.

As portas se fecharam atrás dela e o elevador subiu para o último andar da CIA.

*
* *

Do lado oposto do arranha-céu, o néon do velho monta-carga piscava e a luz oscilou por alguns segundos. Lucas apertou o nó da gravata e deu uns tapinhas na parte de trás do paletó. A grade acabava de abrir.

Um homem com um terno idêntico ao dele veio imediatamente recebê-lo. Sem lhe dirigir uma única palavra, indicou secamente as poltronas da sala de espera e tornou a sentar atrás da sua mesa. O enorme cão de fila com aspecto de Cérbero, que dormia acorrentado aos pés dele, levantou uma pálpebra, lambeu os beiços e fechou o olho, um fio de baba escorrendo no carpete preto.

*
* *

A recepcionista acompanhou Zofia até um sofá bem confortável. Propôs a ela que escolhesse uma das revistas à disposição na mesa de centro. Antes de voltar para trás do balcão, garantiu que logo viriam buscá-la.

*
* *

Nesse mesmo momento, Lucas fechou a revista e consultou o relógio, era quase meio-dia. Abriu a pulseira e colocou-o ao contrário, para não esquecer de acertá-lo ao sair. Às vezes, acontecia de o tempo parar no "Escritório" e Lucas não suportava a falta de pontualidade.

*
* *

Zofia reconheceu Miguel assim que ele apareceu no fim do corredor e, imediatamente, o rosto dela se iluminou. O cabelo grisalho sempre meio despenteado, orelhas grandes que alongavam seus traços e o irresistível sotaque escocês (alguns diziam que ele o havia copiado de Sir Sean Connery, de quem não perdia nenhum filme) lhe davam uma aparência de elegância, que não havia sido alterada com a idade. Zofia adorava o modo como o padrinho chiava os *s*, mas ficava ainda mais enlouquecida com a pequena covinha que se formava no queixo quando ele sorria. Assim que ela chegou à Agência, Miguel passou a ser o seu mentor, seu eterno modelo. À medida que galgara os escalões da hierarquia, ele sempre acompanhara todos os seus passos e sempre dera um jeito para que nada de negativo constasse no dossiê dela. À força de pacientes lições e devotada atenção, ele sempre valorizara as preciosas qualidades da sua protegida. A generosidade dela, raramente igualada, a presença de espírito, a vivacidade da alma sincera, compensavam as lendárias respostas que Zofia tinha na ponta da língua e que, às vezes, surpreendiam os seus pares. Quanto à maneira em geral pouco ortodoxa de ela se vestir... todos ali sabiam muito bem, e há longo tempo, que o hábito não faz o monge.

Miguel sempre dera suporte a Zofia porque identificara nela, nos primeiros minutos da admissão, um membro de elite, e sempre cuidara para que ela nunca soubesse disso. Ninguém ousara contestar essa visão: ele era reconhecido pela natural autoridade, pela sabedoria e devoção. Desde os tempos remotos, Miguel era o número dois da Agência, o braço direito do grande Patrão, que ali todos chamavam de *Senhor*.

Com um dossiê debaixo do braço, Miguel chegou diante de Zofia. Ela se levantou para beijá-lo.

— É bom revê-lo! Foi você quem me mandou chamar?

— Foi, ou melhor, não só eu, fique aqui — disse Miguel. — Com certeza virei buscá-la.

Miguel parecia tenso, o que não era uma característica dele.

— O que está acontecendo?

— Agora não, explicarei depois, e faça o favor de tirar esse chiclete da boca, antes que...

A recepcionista não lhe deu tempo de completar a recomendação, ele era esperado. Seguindo pelo corredor num passo apressado, Miguel se virou para tranqüilizar Zofia com o olhar. Através da parede de compensado ele ouviu trechos da acirrada conversa no amplo escritório.

— Ah, não, em Paris não! Eles estão todo o tempo em greve... seria fácil demais para você, as manifestações são quase diárias... Não insista... isso dura há tanto tempo que não consigo imaginar que eles possam interromper uma greve amanhã só para nos agradar!

Um curto silêncio encorajou Miguel a levantar o braço para bater na porta, mas interrompeu o gesto ao ouvir a voz do *Senhor* continuar num tom mais alto:

— Ásia e África também não!

Miguel dobrou o dedo indicador, mas a mão parou a alguns centímetros da porta, porque, novamente, a voz se elevava, ressoando no corredor.

— O Texas está fora de cogitação! Por que não no Alabama, já que você vive lá?!

Ele fez nova tentativa, sem sucesso, enquanto a voz estava mais tranqüila.

— O que acha *daqui*? No fim das contas não é uma má idéia... evitará idas e vindas inúteis e faz muito tempo que disputamos este território. Combinado, *São Francisco*!

O silêncio indicou que o momento certo havia chegado. Zofia sorriu timidamente para Miguel quando ele entrou no escritório do *Senhor*. A porta foi fechada atrás dele, Zofia se virou para a recepcionista e disse:

— Ele está nervoso, né?

— Está, desde a aurora do dia ocidental — respondeu ela evasivamente.

— Por quê?

— Ouço muitas coisas por aqui, mas não estou por dentro dos segredos do *Senhor*... Além disso, você conhece as regras, não posso dizer nada, e quero manter o meu emprego.

Com muito esforço ela conseguiu ficar calada por um minuto, mas depois continuou:

— Muito confidencialmente, e cá entre nós, posso garantir que ele não é o único que está tenso. Rafael e Gabriel trabalharam a noite ocidental inteira, Miguel se juntou a eles no crepúsculo oriental, a coisa deve ser muitíssimo séria.

Zofia se divertia com o estranho vocabulário da Agência. Mas seria possível pensar em horas naquele lugar, quando cada fuso do globo tinha uma hora diferente? Na primeira ironia da parte dela, o padrinho lhe lembrou que a abrangência universal das atividades da Central e as diversidades lingüísticas do seu pessoal justificavam certas expressões e usos diferentes. Por exemplo, era vetado usar números para identificar os agentes da Inteligência. Os primeiros membros do diretório escolhido pelo *Senhor* haviam recebido nomes, e a tradição havia perdurado... E, afinal, algumas regras bem simples, muito distanciadas das idéias preconcebidas da Terra, facilitavam a coordenação operacional e hierárquica da CIA. Os anjos sempre foram identificados por nomes.

... porque era assim que, desde os tempos remotos, funcionava a casa de Deus, também chamada de CENTRAL DA INTELIGÊNCIA DOS ANJOS.

O *Senhor* andava de um lado para o outro, com as mãos cruzadas nas costas, preocupado. De tempos em tempos, *Ele* parava e olhava pelas grandes janelas do escritório. Embaixo, o espesso colchão de nuvens impedia que se divisasse qualquer pedaço da terra. A imensidão azul circundava a janela envidraçada de dimensões infinitas. Ele lançou um olhar enfurecido para a mesa de reuniões que ocupava todo o comprimento da sala. A desmesurada plataforma se estendia até a divisória do escritório adjacente. Virando-se para a mesa, o *Senhor* empurrou uma pilha de dossiês. Todos os seus gestos traíam a impaciência que ele procurava não demonstrar.

— Meu velho! Tudo isto está empoeirado! Quer que Eu diga o que penso? Esses candidatos são velhos! Como quer que ganhemos?

Miguel, que havia permanecido perto da porta, avançou alguns metros.

— São agentes selecionados pelo seu Conselho...

— E por falar no meu Conselho, que falta de idéias! Sempre arengando as mesmas parábolas, o Conselho envelheceu! Quando eram moços, todos tinham milhões de idéias para melhorar o mundo. Hoje em dia estão praticamente resignados!

— Mas as qualidades dos membros nunca se deterioraram, Senhor.

— Não duvido deles, mas olhe a que ponto chegamos!

A voz dele se havia elevado no céu, fazendo tremer as paredes da sala. Miguel tinha mais medo das fúrias do seu patrão do que de qualquer outra coisa. Elas eram raríssimas, mas, as conseqüências, devastadoras. Bastava olhar pela janela e ver como estava o tempo na cidade para adivinhar o humor dele naquele momento.

— As soluções do Conselho fizeram a humanidade progredir de verdade nos últimos tempos? — continuou o *Senhor*.

— Na verdade, não há do que se pavonear, não é? Em breve não poderemos nem interferir num simples bater de asas da borboleta... aliás, nem *Ele* nem *Eu* — disse o *Senhor*, designando a parede no fundo do escritório. — Se os eminentes membros da minha assembléia tivessem dado provas de um pouco mais de modernidade, eu não teria de me submeter a um desafio tão absurdo! Mas a aposta já foi feita, portanto precisamos do que é novo, original, brilhante e, sobretudo, de criatividade! Uma nova campanha está começando e é o destino desta casa que está em jogo, que Diabo!

Alguém deu três batidas do outro lado da divisória, o *Senhor* a olhou irritado e se sentou na extremidade da mesa. Com um ar malicioso, *Ele* desafiou Miguel.

— Vamos, mostre o que está escondendo debaixo do braço!

Confuso, o fiel assistente se aproximou e colocou na frente dele uma pasta de cartolina. O *Senhor* a abriu e fez desfilar as primeiras folhas, seus olhos se iluminaram, a testa franzida denotava um aumento de interesse pela leitura. *Ele* retirou a última folha e examinou atentamente a série de fotografias anexadas.

Loura, contrita, numa alameda do velho cemitério de Praga, morena, correndo ao longo dos canais de São Petersburgo, ruiva, atenta, embaixo da Torre Eiffel, cabelo curto em Rabat, comprido e solto ao vento em Roma, encaracolados na Praça da Europa, em Madri, cor de âmbar nas ruelas de Tânger, ela estava sempre radiosa. De frente ou de perfil, o rosto era simplesmente angélico. Interrogativo, o *Senhor* apontou a única foto em que o ombro de Zofia estava à mostra: um pequeno detalhe lhe chamou a atenção.

— É um pequeno desenho — se apressou a dizer Miguel, cruzando os dedos. — Um par de asinhas de nada, uma faceirice, uma tatuagem... um pouco moderna, talvez. Mas é possível tirá-la!

— Estou vendo muito bem que são asas — resmungou o *Senhor*. — Onde ela está, quando posso vê-la?

— Está aguardando aqui neste andar...

— Então mande-a entrar!

Miguel saiu do escritório e foi buscar Zofia. No caminho, ela foi torturada por uma série de recomendações. Zofia ia encontrar-se com o grande patrão, e o fato era tão excepcional que o padrinho sentia um frio na barriga no lugar dela... Zofia devia ficar de boca fechada durante toda a entrevista. Deveria apenas escutar, a não ser que o *Senhor* fizesse uma pergunta, e ele próprio não desse a resposta. Era proibido olhá-lo nos olhos. Miguel tomou fôlego e prosseguiu:

— Prenda o cabelo atrás e mantenha-se ereta. Mais uma coisa, se precisar falar, termine todas as suas frases com *Senhor*...

Miguel encarou Zofia e sorriu.

— ... e esqueça tudo o que acabei de dizer, seja você mesma! No fim das contas, é o que ele prefere. Foi por isso que propus sua candidatura e, certamente, foi por isso que *Ele* já a escolheu! Estou exausto, essas coisas não são mais para a minha idade.

— Escolheu para quê?

— Já vai saber. Vamos, respire fundo e entre, é um grande dia para você e... de uma vez por todas, cuspa esse chiclete!

Zofia não pôde deixar de fazer uma reverência.

Com seu rosto burilado, suas mãos sublimes, sua estatura, sua voz grave, Deus era ainda mais impressionante do que tudo o que ela havia imaginado. Discretamente, ela pôs o chiclete embaixo da língua e sentiu um indescritível arrepio percorrer as suas costas. O *Senhor* convidou-a a sentar-se. Uma vez que, segundo o seu padrinho (*Ele* sabia que era assim que Zofia chamava Miguel), ela era um dos agentes mais qualificados da Morada, *Ele* estava disposto a confiar-lhe a missão mais importante de que a Agência já tivera notícia, desde que havia sido criada. *Ele* a olhou, imediatamente ela abaixou a cabeça.

— Miguel lhe entregará os documentos e as instruções necessárias para o perfeito desenrolar das operações, pelas quais você será a única responsável...

Ela não tinha o direito de errar e o tempo era contado... Tinha sete dias para realizar a missão, com sucesso.

— ... Dê provas de imaginação, de talento, pois parece que você tem muitos, eu sei. Seja extremamente discreta, você é muito eficiente, também sei disso.

Ele era direto, nunca uma operação expusera tanto a Agência. *Ele* mesmo não sabia como se deixara arrastar para esse incrível desafio.

— ... Sei sim, acho que sei! — acrescentou ele.

Diante da gravidade da aposta, ela só se reportaria a Miguel e, em caso de extrema necessidade ou de indisponibilidade do padrinho, a *Ele* mesmo. O que o *Senhor* ia revelar agora nunca deveria sair dali. Ele abriu a gaveta e pôs diante dela um manuscrito com duas assinaturas. O texto detalhava as disposições da singular missão que a esperava:

As duas potências que regem a ordem do mundo se enfrentam desde os tempos remotos. Constatando que nenhuma delas consegue interferir, como gostaria, no destino da humanidade, ambas reconhecem ser impedida pela outra na perfeita realização da sua visão de mundo...

O *Senhor* interrompeu a leitura de Zofia para comentar:

— Desde o dia em que a maçã ficou atravessada na garganta de Lúcifer, ele se opõe a que eu entregue a Terra para o homem. Ele sempre quis demonstrar que a minha criatura não era digna de recebê-la.

Ele fez sinal para que Zofia continuasse e ela voltou a ler o documento:

... Todas as análises políticas, econômicas e climáticas tendem a revelar que a Terra gira para o inferno.

Miguel explicou a Zofia que o Conselho se opusera a essa conclusão prematura de Lúcifer, e que a situação atual resultava da permanente rivalidade entre eles, obstáculo à expressão da verdadeira natureza humana.

Ainda era muito cedo para um pronunciamento, e a única certeza era de que o mundo não ia lá muito bem. Zofia prosseguiu:

A noção de humanidade diverge radicalmente de acordo com o ponto de vista de cada um. Depois de eternas discussões, aceitamos a idéia de que o advento do terceiro milênio devia consagrar uma nova era, livre dos nossos antagonismos. De norte a sul, de oeste a leste, é chegada a hora de substituir a nossa forçada coabitação por um modo operante mais eficiente...

— Isso não podia continuar assim — continuou o *Senhor*.

Zofia observava os lentos movimentos das mãos, que acompanhavam a voz dele.

— O século XX foi muito penoso. Além disso, do jeito que as coisas caminhavam, acabaríamos perdendo todo o controle, tanto *Ele* quanto *Eu*. Isso não podia ser tolerado, nossa credibilidade estava em jogo. Não existe só a Terra no Universo, todo o mundo me observa. Os lugares santos estão cheios de interrogações, mas as pessoas encontram cada vez menos respostas...

Constrangido, Miguel, que olhava fixo para o teto, tossiu e o *Senhor* pediu que Zofia continuasse.

... Para atestar a legitimidade daquele a quem caberá reger a Terra no próximo milênio, aceitamos um último desafio cujos termos estão descritos abaixo:

Durante sete dias, enviaremos para viver entre os homens aquele ou aquela que consideramos o melhor de nossos agentes. O mais capaz de arrastar a humanidade para o bem ou para o mal conseguirá a vitória para o seu campo, prelúdio da fusão das duas instituições. O poder de administrar o novo mundo caberá ao vencedor.

O manuscrito estava assinado por Deus e pelo Diabo.

Zofia levantou lentamente a cabeça. Queria reler o texto desde o começo, para entender a origem do ato que tinha nas mãos.

— É uma aposta absurda — disse o *Senhor*, meio confuso. — Mas palavra é palavra.

Zofia recomeçou a ler o pergaminho, *Ele* percebeu o espanto que o olhar dela mostrava.

— Considere esse documento como uma alínea do meu último testamento. Eu também estou envelhecendo. É a primeira vez que fico impaciente; portanto, faça de modo que o tempo passe bem rápido — acrescentou ele, olhando pela janela —, não se esqueça de que o tempo é contado... Aliás, sempre foi contado, e esta foi a minha primeira concessão.

Miguel fez um sinal para Zofia, precisavam levantar e sair da sala. Ela obedeceu imediatamente. Perto da porta, não pôde deixar de se virar.

— *Senhor?*

Miguel prendeu a respiração, Deus virou a cabeça para ela, o rosto de Zofia se iluminou.

— Obrigada — disse ela.

Deus lhe sorriu.

— Sete dias para uma eternidade... conto com você!

Ele ficou olhando a moça sair da sala.

No corredor, Miguel mal voltava a recuperar o fôlego quando ouviu a voz grave que o chamava. Ele deixou Zofia, deu meia-volta e retornou ao grande escritório. O *Senhor* franziu as sobrancelhas.

— O pedaço de borracha que ela colou embaixo da minha mesa tem cheiro de morango, não é?

— É mesmo de morango, Senhor — respondeu Miguel.

— Mais uma última coisa: quando ela tiver terminado a missão, ficarei grato se a fizer tirar o desenho do ombro antes que todos aqui resolvam fazer o mesmo. Nunca se está a salvo da influência da moda.

— Claro, Senhor.

— Mais uma pergunta: como soube que eu a escolheria?

— Porque faz mais de dois mil anos que trabalho ao seu lado, Senhor!

Miguel fechou a porta ao sair. Ao ficar sozinho, o *Senhor* se sentou na extremidade da longa mesa e olhou para a divisória de compensado em frente. *Ele* limpou a garganta para anunciar numa voz clara e forte:

— Estamos prontos!

— Nós também! — respondeu maliciosamente a voz de Lúcifer.

Zofia aguardava numa saleta. Miguel entrou e foi em direção à janela. Abaixo dele o céu começava a clarear, algumas colinas emergiam da camada de nuvens.

— Depressa, não temos tempo a perder, preciso prepará-la.

Eles se sentaram em volta de uma pequena mesa redonda, num desvão. Zofia confiou sua preocupação a Miguel.

— Por onde devo começar uma missão como essa, padrinho?

— Você já começa com uma certa desvantagem, minha Zofia. Vamos encarar os fatos, o mal passou a ser universal e quase tão invisível quanto nós. Você vai jogar na defesa, seu adversário no ataque. Primeiro, você deve identificar as forças que ele vai tentar unir contra você. Descubra o lugar onde ele tentará agir. Talvez seja melhor deixá-lo agir primeiro e aí combater esses projetos da melhor maneira possível. Só quando conseguir neutralizá-lo é que você terá a oportunidade de preparar um grande destino. Seu único trunfo é o conhecimento do terreno. Eles escolheram São Francisco como teatro de operação... pelo mais puro acaso.

*
* *

Balançando-se na cadeira, Lucas acabara de tomar conhecimento do mesmo documento, debaixo do olhar atento do *Presidente*. Embora as persianas estivessem abaixadas, *Lúcifer* não havia tirado os grossos óculos escuros que mascaravam o seu olhar. Todas as pessoas que lhe eram próximas sabiam que qualquer luz, por mais suave que fosse, irritavam-lhe os olhos, queimados havia tempo por uma irradiação excessiva.

Cercado pelos membros do seu gabinete que haviam sentado em volta da mesa de proporções desmesuradas (que se estendia até a divisória de compensado do escritório adjacente), o *Presidente* declarou aos membros do Conselho que a sessão estava suspensa. Impelidos pelo chefe da comunicação, um tal de Blaise, a assembléia se encaminhou para a única porta de saída. Permanecendo sentado, o *Presidente* fez um gesto com a mão, chamando Lucas para perto dele. Dando mais ênfase ao gesto, pediu-lhe que se abaixasse e murmurou-lhe alguma coisa no ouvido, que ninguém escutou. Ao sair do escritório, Lucas viu que Blaise se juntava a ele para acompanhá-lo até o elevador.

No caminho, lhe entregou vários passaportes, divisas, um grande molho de chaves de carros, e exibiu um cartão de crédito platina, agitando-o diante do nariz dele.

— Vá manso com as notas das despesas, não abuse!

Com um gesto enérgico e contrariado, Lucas pegou o retângulo de plástico e não quis apertar a mão mais engordurada de toda a organização. Acostumado com isso, Blaise esfregou a palma da mão atrás da calça e, desajeitadamente, enfiou-a no bolso. Dissimular era uma das grandes especialidades desse indivíduo que ascendera até esse posto, não por competência, mas por tudo o que a vontade de subir pode produzir de fraudes e hipocrisia. Blaise parabenizou Lucas, dizendo que ele mostrara todo o seu mérito (uma falsidade, considerando a fisionomia dele), o que havia favorecido a sua escolha. Lucas não deu o menor crédito a essa afirmação: aos seus olhos, Blaise não passava de um incompetente a quem haviam confiado a responsabilidade da comunicação interna, exclusivamente por nepotismo.

Lucas achou que nem valia a pena cruzar os dedos quando prometeu a Blaise prestar contas regularmente do andamento da missão. No seio da organização que o empregava, iludir era o meio mais seguro de que dispunham os diretores para perenizar os seus poderes. Para agradar ao *Presidente*, chegavam a mentir entre si. O responsável pela comunicação suplicou a Lucas que contasse o que o *Presidente* havia murmurado no ouvido dele. Este o olhou com desprezo e se despediu.

*
* *

Zofia beijou a mão do padrinho e garantiu que não o decepcionaria. Perguntou se podia contar um segredo. Miguel concordou com um sinal de cabeça. Ela hesitou e acabou confessando que o *Senhor* tinha olhos incríveis, que nunca vira olhos tão azuis.

— Às vezes eles mudam de cor, e você está proibida de dizer a quem quer que seja o que viu lá dentro.

Ela prometeu e saiu para o corredor. Ele a acompanhou até o elevador. Antes de as portas se fecharem, ele insinuou, cúmplice:

— *Ele* a achou encantadora.

Zofia enrubesceu. Miguel fez cara de quem não viu nada.

— Para eles, esse desafio talvez seja apenas um malefício a mais; para nós, é questão de sobrevivência. Contamos com você.

Alguns instantes depois, ela atravessou de novo o grande *hall*. Pedro deu uma olhada nas telas de controle, o caminho estava livre. A porta deslizou novamente na fachada e Zofia saiu para a rua.

*
* *

Nesse mesmo instante, Lucas saía do outro lado do edifício. Um último raio zebrou o céu ao longe, acima das colinas de Tiburon. Lucas fez sinal para um táxi, o veículo parou e ele subiu no Yellow Cab.

Na calçada da frente, Zofia correu para o carro, uma guarda de trânsito estava lavrando uma multa.

— Belo dia, tudo bem? — disse Zofia à mulher de uniforme.

A guarda de trânsito virou lentamente a cabeça para se assegurar de que Zofia não zombava dela.

— Nós nos conhecemos? — perguntou a agente Jones.

— Não, não creio.

Incrédula, ela mordia a caneta e, encarando Zofia, destacou a multa do talão.

— E com você, tudo bem? — perguntou a policial, pondo o comprovante da multa no pára-brisa.

— Você não teria um chiclete de morango? — perguntou Zofia pegando o tíquete.

— Não, só de menta.

Zofia recusou educadamente o tablete oferecido. Ela abriu a porta do carro.

— Nem tenta barganhar a multa?

— Não, não.

— Sabia que desde o começo do ano os motoristas de carros do governo são obrigados a pagar as próprias multas?

— Sei — disse Zofia — acho que li isso em algum lugar, e no fim das contas é o normal.

— Na escola você se sentava sempre na primeira fila? — perguntou a policial Jones.

— Francamente, não me lembro mais... Agora que você tocou no assunto, acho que eu me sentava onde queria.

— Tem certeza de que está bem?

— O pôr-do-sol será maravilhoso hoje à tarde, não o perca de jeito nenhum! Deveria assistir com a família, do Presidio Park o espetáculo será deslumbrante. Preciso ir embora, um trabalho enorme me aguarda — disse Zofia, entrando no carro.

Quando o Ford se afastou, a policial sentiu um ligeiro arrepio lhe percorrer a coluna. Pondo a caneta no bolso, pegou o telefone celular.

Ela deixou uma longa mensagem na caixa postal do marido. Perguntava se ele podia chegar uma meia hora atrasado no serviço, ela faria tudo para voltar mais cedo. Estava propondo um passeio no Presidio Park ao pôr-do-sol, que seria excepcional. Uma funcionária da CIA é que lhe havia dito! Acrescentou que o amava e que, desde que tinham horários desencontrados, não achara um momento para lhe dizer o quanto sentia a falta dele. Algumas horas depois, ao fazer as compras para um piquenique improvisado, ela nem percebeu que o pacote de chiclete que pusera no carrinho não era de menta.

*
* *

Preso no engarrafamento do bairro financeiro, Lucas folheava as páginas de um guia turístico. Independentemente do que Blaise achasse, o risco da sua missão justificava um aumento das despesas: ele pediu ao motorista que o deixasse em Nob Hill. Uma suíte no Fairmont, famoso hotel de luxo da cidade, seria perfeitamente conveniente. O veículo virou na California Street, na altura da Grace Cathedral, para se enfiar embaixo do maravilhoso toldo do hotel. Ele parou em frente ao tapete de veludo vermelho guarnecido de fios dourados. O bagagista quis pegar a maleta que Lucas carregava, mas recebeu um olhar que o manteve a distância. Lucas não agradeceu ao porteiro que rodou para ele a porta giratória e foi diretamente à recepção. A recepcionista não encontrava nem sinal da sua reserva. Lucas aumentou o tom de voz, chamando a moça de incapaz. Instantaneamente, o gerente correu em socorro. Com um tom de voz obsequioso "cliente especial difícil", entregou a Lucas uma chave magnética e se derreteu em desculpas, esperando que com um *upgrade*, "Suíte Superior", ele esquecesse os pequenos dissabores causados por uma funcionária incompetente. Lucas pegou o cartão sem constrangimento e pediu para não ser incomodado sob nenhum pretexto. Fingiu deslizar uma gorjeta na mão dele, que adivinhava ser quase tão úmida quanto a de Blaise, e se dirigiu apressado para o elevador. O chefe da recepção se virou, com a palma da mão vazia e a fisionomia enfurecida. O ascensorista perguntou gentilmente ao seu alegre passageiro se tivera um bom dia.

— O que você tem com isso? — respondeu Lucas, saindo da cabine.

*
* *

Zofia estacionou o carro ao longo da calçada. Subiu os degraus da entrada da casinha vitoriana empoleirada em Pacific Heights. Abriu a porta e cruzou com a locatária.

— Estou contente que tenha voltado da viagem — disse Miss Sheridan.

— Mas eu saí hoje de manhã!

— Tem certeza? Parece que você esteve ausente desde ontem à noite. Oh, sei muito bem que mais uma vez eu me meto no que não é da minha conta, mas não gosto quando a casa fica vazia.

— Eu voltei tarde, você estava dormindo, tive mais trabalho do que de costume.

— Você trabalha demais! Na sua idade, e bonita como é, devia sair à noite com os namorados.

— Preciso subir para trocar de roupa, mas passarei para vê-la ao sair, Reine, prometo.

A beleza de Reine Sheridan não se havia rendido ao tempo. Sua voz serena e grave era magnífica, o olhar iluminado testemunhava uma vida densa, da qual ela só cultivava boas lembranças. Reine havia sido uma das primeiras mulheres grandes repórteres a percorrer o mundo. As paredes da sua sala oval eram cobertas de fotos amareladas, rostos desbotados que comprovavam as suas inúmeras viagens e os seus encontros. Onde os seus colegas haviam procurado fotografar o excepcional, ela captara o comum, o que ele tinha de mais belo aos seus olhos, aos seus propósitos.

Quando as pernas a impediram de viajar novamente, Reine foi morar na sua casa de Pacific Heights. Ali ela havia nascido, e dali partira em 2 de fevereiro de 1936, dia em que completava vinte anos, para embarcar num cargueiro cujo destino era a Europa. Para ali ela havia voltado mais tarde, para viver o seu único amor, por um curto tempo de um momento de felicidade.

Desde então, Reine havia morado sozinha nessa casa enorme, até o dia em que pusera um pequeno anúncio no *San*

Francisco Chronicle. "Sou a nova *roommate*", dissera Zofia, sorridente, ao se apresentar na porta de entrada, na mesma manhã da publicação. O tom determinado havia seduzido Reine e a sua nova locatária se mudara no mesmo dia, transformando, com o correr das semanas, a vida de uma mulher que atualmente confessava estar feliz por haver renunciado à solidão. Zofia adorava os fins de tarde passados na companhia da locatária. Quando não voltava para casa muito tarde, percebia pela janela da entrada o raio de luz que atravessava o vestíbulo. O convite de Miss Sheridan era formulado sempre desse modo. Com o pretexto de verificar se tudo estava em ordem, Zofia enfiava a cabeça pelo batente da porta. Um grande álbum de fotografias estava aberto no tapete e alguns pedaços de bolo dispostos numa pequena vasilha finamente cinzelada, trazida da África. Reine esperava na sua poltrona, sentada de frente para a oliveira que se esparramava no jardim. Então Zofia entrava, deitava no chão e começava a virar as folhas de um dos muitos álbuns com velhas capas de couro, que transbordavam das prateleiras da sala. Sem nunca desviar o olhar da oliveira, Reine comentava, uma por uma, as fotografias.

  Zofia subiu para o andar de cima, girou a chave do seu apartamento na fechadura, empurrou a porta com o pé e jogou o chaveiro no console. Deixou o casaco na entrada, tirou a camisa na sala, atravessou o quarto largando a calça pelo caminho e entrou no banheiro. Abriu totalmente as torneiras do chuveiro, o encanamento começou a chacoalhar. Deu uma batida no chuveiro e a água lhe escorreu pelo cabelo. Pela pequena clarabóia existente nos telhados em caracol que desciam até o porto, passava o som dos sinos da Grace Cathedral, anunciando dezenove horas.

— Já? — disse ela.

Zofia saiu do banheiro que cheirava agradavelmente a eucalipto e voltou para o quarto. Abriu o armário, hesitou entre um colete e uma camisa masculina, grande demais para ela, uma calça de algodão e seu velho jeans, optando pelo jeans e pela camisa, cujas mangas enrolou. Prendeu o bipe no cinto e enfiou um par de tênis, saltitando até a porta de entrada, para erguer a parte de trás do calçado sem se abaixar. Pegou o chaveiro, decidiu deixar as janelas abertas e desceu a escada.

— Vou voltar tarde. Nós nos veremos amanhã; se precisar de alguma coisa, me chame no bipe, combinado?

Miss Sheridan resmungou uma ladainha que Zofia sabia interpretar com perfeição. Alguma coisa que devia significar: "você trabalha demais, minha filha, só se vive uma vez".

E era verdade, Zofia trabalhava continuamente pela causa dos outros, não tinha nenhuma folga durante o dia, nem mesmo uma pequena pausa para almoçar ou matar a sede, pois os anjos não se alimentavam nunca. Por mais sensível e intuitiva que fosse, Reine não conseguia adivinhar nada daquilo que Zofia se esforçava para chamar de "a sua vida".

*
* *

Os pesados sinos ainda tangiam o sétimo e último toque que marcava a hora. A Grace Cathedral, pendurada no alto de Nob Hill, ficava em frente às janelas da suíte de Lucas. Ele chupou com deleite um osso de frango, mordendo a cartilagem da ponta da coxa, e se levantou para limpar as mãos na cortina. Vestiu o casaco, se olhou no enorme espelho que se destacava em cima da lareira e saiu do quarto. Desceu os degraus da escadaria que com seu lanço majestoso comandava o *hall* e dirigiu um sorriso malicioso para a recepcionista, que abaixou a cabeça assim que o viu. Quando chegou embaixo do toldo, um mensageiro chamou um táxi que ele pegou sem dar a gorjeta. Queria um belo carro novo, e o único lugar da cidade para escolher um, no domingo, era o porto comercial, onde vários modelos ficavam estacionados depois de desembarcar dos cargueiros. Ele pediu ao motorista do táxi que o levasse até o cais 80... Ali poderia roubar um ao seu gosto.

— Rápido, estou com pressa! — disse ao taxista.

O Chrysler virou na California Street e desceu para o centro da cidade. Em apenas sete minutos atravessou o bairro das instituições financeiras. Em todas as esquinas, o motorista reclamava, deixando de lado o bloco de anotações; todos os faróis mudavam para verde, impedindo-o de escrever o destino da corrida, como obrigava a lei. "Parece que é de propósito"— resmungou ele no sexto cruzamento. Pelo espelho retrovisor, o motorista viu o sorriso de Lucas e o sétimo farol abriu caminho para ele.

Quando chegaram na entrada da zona portuária, uma espessa fumaça começou a sair pela grade do radiador, o carro tossiu e parou no meio-fio.

— Só faltava essa! — suspirou o taxista.

— Não vou pagar a corrida — disse Lucas num tom cortante — não chegamos ao destino.

Ele saiu deixando a porta do carro aberta. Antes que o motorista pudesse reagir, o capô do carro foi projetado para o alto por um gêiser de água enferrujada que saiu do radiador. "Junta do cabeçote, o motor já era, meu chapa!", gritou Lucas, se afastando.

Na guarita, ele apresentou um distintivo para o guarda, a barreira de faixas vermelhas e brancas foi levantada. Ele caminhou com segurança até o estacionamento. Ali, notou um sublime Chevrolet Camaro conversível, cuja fechadura arrombou sem dificuldade. Lucas instalou-se atrás do volante, escolheu uma chave no molho que trazia no cinto e deu a partida alguns segundos depois. O carro subiu pela alameda central, passando em todas as poças formadas nos buracos da pista. Desse modo, ele sujou todos os contêineres que estavam de ambos os lados do caminho, deixando os números de identificação ilegíveis.

No fim da rua, puxou repentinamente o freio de mão; o carro deslizou de lado até parar a alguns centímetros da entrada do Fisher's Deli, o bar do porto. Lucas saiu do carro, subiu os três degraus de madeira da entrada assobiando e empurrou a porta.

A sala estava quase vazia. Em geral os estivadores vinham beber depois de uma longa jornada de trabalho, mas naquele dia, por causa do mau tempo que grassara durante toda a manhã, tentavam recuperar as horas perdidas. Terminariam muito tarde, resignando-se a entregar as máquinas para as equipes da noite, que não tardariam a chegar.

Lucas se sentou a uma mesa separada por uma divisória, olhando fixo para Matilde, que enxugava os copos atrás do balcão. Constrangida com o estranho sorriso, ela foi imediatamente anotar o pedido. Lucas não queria beber nada.

— Comer, talvez? — perguntou ela.

Só se ela o acompanhasse. Matilde declinou amavelmente do convite, não lhe era permitido se sentar às mesas nas horas de serviço. Lucas tinha todo o tempo do mundo, não estava com fome e convidou-a para ir a um outro lugar que não aquele, pois o achava terrivelmente comum.

Matilde ficou embaraçada, o charme de Lucas estava longe de a deixar indiferente. Naquela parte da cidade, a elegância era tão rara quanto na vida dela. Ela desviou o olhar enquanto ele a encarava com seus olhos diáfanos.

— Realmente, é muita gentileza sua — murmurou ela.

Nesse instante, ela ouviu duas rápidas buzinadas.

— Não posso — respondeu para Lucas — justamente esta noite vou jantar com uma amiga. Foi ela que acabou de buzinar. Quem sabe, talvez, numa outra ocasião?

Zofia entrou esbaforida e se dirigiu ao bar, onde Matilde retomara o seu lugar, disfarçando o embaraço.

— Desculpe, estou atrasada, mas tive um dia de louco — disse Zofia subindo na banqueta do balcão.

Uma dezena de homens que pertenciam às equipes noturnas entrou no estabelecimento, o que deixou Lucas muito contrariado. Um dos estivadores parou perto de Zofia, achou-a deslumbrante sem o uniforme. Ela agradeceu o cumprimento ao manobrista do guindaste e se virou para Matilde, olhando para cima. A bonita garçonete se inclinou para a amiga e pediu que olhasse discretamente para o cliente de terno preto, sentado no boxe no fundo da sala.

— Eu vi... deixe pra lá!

— Sem pestanejar, lá vem ela com os termos bombásticos! — cochichou Matilde.

— Matilde, sua última aventura depois de um encontro quase lhe custou a vida; então, desta vez, se eu puder evitar o pior... será muito bom!

— Não vejo por que diz isso.

— Porque o pior é justamente esse tipo!
— Que tipo?
— O olhar que se faz de tenebroso.
— Você atira rápido, hein? Eu nem vi você carregar a arma!
— Você levou seis meses para se desintoxicar de todas as porcarias que o seu *barman* da O'Farrell*, generosamente, compartilhava com você. Quer arruinar a sua segunda chance? Você tem um emprego, um quarto e está "limpa" há dezessete semanas. Já quer cair de novo?
— Meu sangue ainda não está limpo!
— Dê um tempo para você mesma e tome os remédios!
— Esse cara parece extremamente educado.
— Como um crocodilo diante de um filé-mignon!
— Você o conhece?
— Nunca o vi!
— Então, por que esse julgamento prematuro?
— Confie em mim, tenho um dom para avaliar essas coisas.

A voz de Lucas soprou na nuca de Zofia, que levou um susto.

— Já que você tem preferência na noitada da sua deliciosa amiga, seja boazinha e aceite um convite em comum para uma das melhores mesas da cidade. Cabemos perfeitamente os três no meu conversível!
— Você é muito intuitivo, Zofia é a melhor pessoa do mundo! — emendou Matilde, cheia de esperança de que a amiga se mostrasse cordata.

---

* Rua de São Francisco de bares de má fama.

Zofia se virou com a intenção de agradecer e mandá-lo embora, mas foi instantaneamente dominada pelos olhos que a encaravam. Os dois se olharam longamente, sem conseguir dizer nada. Lucas queria falar, mas nenhum som lhe saía da garganta. Em silêncio, examinava os traços desse rosto feminino, tão perturbador quanto desconhecido. Zofia não tinha nem mais uma gota de saliva na boca e procurou pela bebida às cegas. Ele pôs a mão no balcão. Um encontro de gestos desajeitados fez virar o copo, que rolou sobre o balcão do bar e foi parar no chão, quebrando-se em sete pedaços. Zofia se abaixou para catar com cuidado três cacos de vidro, Lucas se ajoelhou para ajudá-la e pegou os outros quatro. Ao se levantarem, ainda continuavam a olhar um para o outro.

Matilde olhou para eles alternadamente e interveio, irritada:

— Vou varrer!

— Tire o avental e vamos embora, estamos muito atrasadas — respondeu Zofia, desviando o olhar.

Despedindo-se de Lucas com um sinal de cabeça, arrastou a amiga para fora do bar. No estacionamento, Zofia apressou o passo. Depois de abrir a porta do carro para Matilde, sentou-se, deu a partida e saiu a toda velocidade.

— Mas o que deu em você? — perguntou Matilde, estupefata.

— Nada de mais!

Matilde virou o espelho retrovisor.

— Olhe a sua cara e reformule o seu "nada de mais"!

O carro ia ao longo do porto. Zofia abriu a janela, um ar gelado invadiu o interior do veículo. Matilde estremeceu.

— Esse homem é terrivelmente sério! — murmurou Zofia.

— Eu já vi alto, baixo, bonito, feio, magro, gordo, barbado, imberbe, careca; mas sério, confesso que você me deixa num impasse!

— Então, peço que confie em mim, nem eu mesma sei como explicar. Ele é triste e parecia tão atormentado... eu nunca...

— Bom, é o candidato perfeito para você, que é louca por almas sofredoras. Com certeza ficaremos de coração partido!

— Não seja cáustica!

— O mundo está mesmo de cabeça pra baixo! Eu peço uma opinião imparcial sobre um homem que achei embriagador como o vinho. Você nem olha para ele e o arrasa com a rapidez de uma flecha que o próprio Geronimo* poderia ter atirado. E quando, finalmente, se digna a olhá-lo, cola os olhos nos dele como uma ventosa que quisesse desentupir a pia do meu banheiro. E mesmo assim não tenho o direito de ser cáustica!

— Você não sentiu nada, Matilde?

— Senti, *Habit Rouge***, se quer saber, e como só pode ser encontrada no Macy's***, achei que era um bom sinal o fator elegância.

— Você não percebeu a que ponto ele parecia sombrio?

---
* Geronimo — (Clifton, Arizona, 1829 — Fort Sill, perto de Lawton, Oklahoma, 1908), chefe da tribo apache dos chiricahuas. Resistiu ferozmente, de 1860 a 1886, às tropas dos Estados Unidos encarregadas de manter seu povo nas reservas indígenas. (N. T.)
** Colônia para homens da Guerlain. (N. T.)
*** Rede de lojas de departamentos. (N. T.)

— É lá fora que está sombrio, acenda os faróis ou vai provocar um acidente!

Matilde levantou a gola da sua parca para proteger o pescoço e acrescentou:

— Está bem, concordo, o terno dele era um pouco sombrio; mas de corte italiano e de casimira de seis fios, não me diga que é pouco!

— Não é disso que estou falando.

— Quer saber uma coisa? Tenho certeza de que ele não é do tipo que usa uma cueca qualquer.

Matilde pegou um cigarro e o acendeu. Abriu a janela e soprou uma longa fumaça em espiral que saiu pelo vidro aberto.

— Ainda vou morrer de pneumonia! Bom, tem razão, há cuecas e cuecas!

— Você não ouviu uma palavra do que eu disse! — falou Zofia, preocupada.

— Imagine só a situação embaraçosa da filha do Calvin Klein ao ver o nome do pai escrito em letras grandes quando um homem se despir na frente dela!

— Você já viu? — perguntou Zofia, imperturbável.

— Talvez no bar do Mario, mas não posso garantir. Naquela época eram raras as noitadas em que eu via as coisas claramente...

— Mas tudo isso acabou, já ficou para trás — disse Zofia.

— Você acredita na impressão do "*déjà-vu*"?

— Pode ser, por quê?

— Agora há pouco, no bar... quando o copo caiu da mão dele... tive realmente a impressão de que caía em câmera lenta.

— Você está de barriga vazia, vou levá-la para jantar num restaurante asiático! — completou Zofia.

— Posso fazer uma última pergunta?

— Claro.

— Você nunca sente frio? — perguntou Matilde.

— Por quê?

— Porque só falta um pedaço de pau na boca para eu me parecer com um esquimó, feche esse vidro!

O Ford ia em direção à antiga chocolataria da Ghirardelli Square. Depois de alguns minutos de silêncio, Matilde girou o botão do rádio e ficou olhando a cidade passar. No cruzamento da Colombus Avenue com a Bay Street, o porto desapareceu do seu campo de visão.

*
* *

— Quer fazer o favor de tirar a mão para que eu possa limpar o balcão?

O proprietário do Fisher's Deli tirou Lucas do seu devaneio.

— Como?

— Sua mão está em cima dos cacos de vidro, vai se cortar!

— Não se preocupe comigo. Quem era ela?

— Uma mulher bonita, o que é raro por aqui!

— Sim, é por isso que gosto muito deste bairro! — cortou Lucas, igualmente seco. — Não respondeu a minha pergunta.

— É na minha *barmaid* que está interessado? Sinto muito, mas não dou informações sobre os meus empregados, só precisa voltar aqui e perguntar pessoalmente, amanhã ela começa às dez horas.

Lucas deu um tapa no balcão do bar. Os cacos de vidro explodiram em mil pedaços. O proprietário do estabelecimento recuou um passo.

— Não ligo a mínima para a sua garçonete! Conhece a moça que saiu com ela? — disse Lucas.

— É uma amiga, trabalha na segurança do porto, é só o que eu sei.

Com um gesto brusco, Lucas pegou o pano de limpeza da cintura do proprietário. Limpou a palma da mão que, estranhamente, não tinha nenhum arranhão. Em seguida, jogou o pedaço de pano na lata de lixo atrás do balcão.

O dono do Fisher's Deli franziu as sobrancelhas.

— Não esquente, meu chapa — disse Lucas, olhando a mão intacta. — É como andar sobre a brasa, tem um truque, sempre tem um truque.

Em seguida, ele se dirigiu para a saída. Nos degraus da entrada do restaurante, tirou um minúsculo caco enfiado entre o dedo indicador e o médio.

Foi até o conversível, se inclinou por cima da porta e soltou o freio de mão. O carro que ele havia roubado deslizou lentamente até a beirada do cais e se inclinou. Quando o radiador entrou na água, a fisionomia de Lucas se iluminou com um sorriso, tão intenso quanto o de uma criança.

Para ele, quando a água invadia o interior do carro, entrando pelo vidro (que sempre tinha o cuidado de deixar entreaberto), era sempre um momento de pura alegria. Porém, do que ele mais gostava era das grandes bolhas que saíam do escapamento antes de o motor se afogar. Quando elas estouravam na superfície, os "glub, glub" eram irresistíveis.

Quando a multidão se amontoou para ver os faróis de trás do Camaro desaparecerem nas águas turvas do porto, Lucas já estava muito longe, andando na alameda, com as mãos nos bolsos.

— Acho que acabei de encontrar uma pérola rara — murmurou, se afastando. — Se eu não ganhar, vai ser o diabo!

*
* *

Zofia e Matilde jantavam de frente para a baía, diante da imensa janela envidraçada que se projetava sobre a Beach Street. "Nossa melhor mesa", explicara o *maître* eurasiano com um sorriso que não ocultava nada da dentadura proeminente. A vista era magnífica. À esquerda, a Golden Gate, orgulhosa do seu ocre, rivalizava em beleza com a Bay Bridge, a ponte prateada, um ano mais velha. Em frente, os mastros dos veleiros se balançavam lentamente na marina, protegidos das grandes ondas. Alamedas de cascalho dividiam os quadrados do gramado que se estendiam até a água. Os transeuntes noturnos seguiam por elas, aproveitando a temperatura clemente do começo de outono.

O garçom pôs dois coquetéis da casa e uma cesta de salgadinhos fritos de camarão na mesa. "Oferta da casa", disse ele apresentando os cardápios. Matilde perguntou a Zofia se ela era freqüentadora assídua. Os preços pareciam muito altos para uma modesta funcionária do governo. Zofia respondeu que era um convite do proprietário.

— Você consegue anular as multas dele?

— Apenas um serviço prestado há alguns meses, nada de mais, pode ter certeza — retorquiu Zofia, meio confusa.

— Tenho uma pequena implicância com os seus "nada de mais"! Que tipo de serviço?

Uma tarde, Zofia havia encontrado o proprietário do estabelecimento nas docas. Ele andava ao longo do cais, esperando que liberassem uma entrega de louças provenientes da China.

A tristeza do olhar chamara a atenção de Zofia; temera pelo pior quando ele se havia inclinado na beirada, fixando a água salobra por longo tempo. Ela se aproximou e puxou conversa; o homem acabou contando que a mulher queria deixá-lo depois de quarenta e três anos de casados.

— Que idade tinha a mulher? — perguntou Matilde, intrigada.

— Setenta e dois anos!

— E alguém pensa em se divorciar aos setenta e dois anos? — questionou Matilde, mal conseguindo controlar a vontade de rir.

— Se o seu marido ronca há quarenta e três anos, você pode pensar muito nisso, até mesmo todas as noites.

— Você uniu o casal?

— Eu o convenci fazer uma operação, prometendo que não ia doer. Os homens são muito sensíveis.

— Você acha que ele teria, realmente, pulado?

— Ele havia jogado a aliança na água!

Matilde olhou para cima e ficou fascinada com o teto do restaurante, inteiramente decorado com vitrais da Tiffany's. Ele dava à sala um ar de catedral. Zofia, que era da mesma opinião, lhe serviu mais um pouco de frango.

Intrigada, Matilde passou a mão no cabelo.
— É verdade essa história do ronco?
Zofia olhou para ela e não conseguiu conter a risada.
— Não!
— Ah! Então o que estamos comemorando? — perguntou Matilde, levantando o copo.

Zofia falou vagamente de uma promoção que havia recebido naquela manhã. Não, não mudaria de função e, não, não havia sido aumentada, e nem tudo se resumia a considerações materiais. Se Matilde parasse de debochar, talvez ela pudesse explicar que certos trabalhos traziam muito mais do que dinheiro ou autoridade: uma forma sutil de realização pessoal. O poder adquirido sobre si mesmo em benefício — e não em detrimento — dos outros podia ser muito prazeroso.

— Amém! — gozou Matilde.
— Decididamente, com você, minha cara, tão cedo não vou acabar de pagar os meus pecados — replicou Zofia, ressentida.

Matilde pegava a garrafa de saquê feita de bambu para encher os copos quando, por um segundo, o rosto de Zofia ficou transtornado. Ela agarrou o punho da amiga e praticamente levantou-a da cadeira.

— Sai daqui, corra para a saída! — gritou Zofia.

Matilde ficou paralisada. Os vizinhos de mesa, também estarrecidos, olharam para Zofia que vociferava rodando sem sair do lugar, à espreita de uma ameaça invisível.

— Saiam todos, saiam o mais depressa que puderem e se afastem daqui, rápido!

Hesitante, a assembléia olhava para ela, se perguntando que brincadeira sem graça era aquela. O gerente do estabelecimento correu até Zofia, de mãos juntas, num gesto de súplica para que aquela que ele considerava como uma amiga parasse de perturbar a ordem do restaurante. Zofia o pegou energicamente pelos ombros e suplicou que evacuasse a sala, sem demora. Ela pediu insistentemente que acreditasse nela, era uma questão de segundos. Liu Tran não era nada razoável, mas o instinto nunca o enganara. Bateu palmas duas vezes e as poucas palavras que disse em cantonês foram suficientes para dar início a um balé de garçons determinados. Os homens de libré branca puxavam para trás as cadeiras dos clientes e os guiavam com presteza para as três saídas do estabelecimento.

Liu Tran ficou no meio da sala que se esvaziava. Zofia o arrastou pelo braço para uma das saídas, mas ele resistiu ao avistar Matilde, petrificada, a alguns metros deles. Ela não se mexera do lugar.

— Serei o último a sair — disse Liu no exato momento em que um ajudante da cozinha corria para fora aos gritos.

A explosão, de uma violência nunca vista, varreu o local. O lustre monumental se soltou com a força do choque que devastara a sala e caiu pesadamente ao chão. A mobília parecia ter sido aspirada pela grande janela, cujos vidros pulverizados se espalhavam embaixo, na rua. Milhares de pequenos cristais vermelhos, verdes e azuis caíam como chuva sobre os escombros. A acre fumaça cinza, que invadiu a sala do restaurante, se elevava em grossas espirais pela fachada escancarada. Ao barulho que se seguiu ao cataclismo, sucedeu um silêncio sufocante. Estacionado embaixo, Lucas fechou o vidro do novo carro que havia roubado uma hora antes. Tinha um horror dos diabos de poeira e, mais ainda, de que as coisas não corressem como havia previsto.

Zofia empurrou o pesado bufê que caíra em cima dela. Esfregou os joelhos e passou por cima de um aparador virado. Observou a desordem que se estendia a sua volta. Embaixo do esqueleto da grande luminária, desprovida de todos os seus aparatos, jazia o *restaurateur*, com a respiração entrecortada e difícil. Zofia correu até ele. Liu fez uma careta, dominado pela dor. O sangue afluía aos seus pulmões, comprimindo mais e mais o coração a cada inspiração. Ao longe, as sirenes dos bombeiros ecoavam nas ruas da cidade.

Zofia suplicou a Liu que agüentasse.

— Você é inestimável — suspirou o velho chinês.

Ela segurou a mão dele; Liu pegou a dela e pôs em cima do peito que assobiava como um pneu furado. Mesmo em péssimas condições, seus olhos podiam ler a verdade. Ainda encontrou as últimas forças para murmurar que, graças a Zofia, não estava preocupado. Sabia que no seu sono eterno não roncaria. Ele riu, provocando um acesso de tosse.

— Que sorte para os meus futuros vizinhos! Eles lhe devem muito!

Um refluxo de sangue lhe saiu da boca, escorreu pelo rosto e se espalhou no tapete. O sorriso de Liu se enrijeceu.

— Acho que deve cuidar da sua amiga, eu não a vi sair.

Zofia olhou em volta mas não viu nenhum sinal de Matilde, nem de nenhum outro corpo.

— Perto da porta, debaixo do guarda-louças — suplicou Liu, tossindo mais uma vez.

Zofia se levantou. Liu a reteve pelo punho e a olhou profundamente nos olhos.

— Como soube?

Zofia contemplou o homem, os últimos reflexos de vida abandonavam suas pupilas douradas.

— Vai compreender em alguns instantes.

Então, a fisionomia de Liu se iluminou com um imenso sorriso e ele ficou em paz.

— Obrigado por essa demonstração de confiança.

Essas foram as últimas palavras do senhor Tran. Suas pupilas se tornaram tão pequenas quanto a ponta de uma agulha, as pálpebras pestanejaram e o rosto se abandonou na mão da última cliente. Zofia lhe acariciou a fronte.

— Perdoe-me por não acompanhá-lo — disse ela, repousando lentamente a cabeça inerte do *restaurateur*.

Levantando-se, ela afastou uma pequena cômoda que jazia com os quatro pés para cima e se dirigiu para o grande móvel caído. Ela o empurrou, usando de toda a sua força, e encontrou Matilde, inconsciente, com um enorme garfo de cozinha usado para destrinchar patos plantado na perna esquerda.

O feixe de luz da lanterna do bombeiro varreu o chão, os passos dele crepitavam por cima dos entulhos. Ele se aproximou das duas mulheres e, em seguida, soltou o *walkie-talkie* do suporte preso no ombro para avisar que havia encontrado duas vítimas.

— Só uma! — replicou Zofia, se dirigindo ao bombeiro.

— Melhor — disse um homem de terno preto que, ao longe, examinava os escombros.

O chefe dos bombeiros deu de ombros.

— Provavelmente é um agente federal. Agora, eles chegam quase antes de nós quando alguma coisa explode em qualquer lugar — resmungou ele, pondo uma máscara do oxigênio no rosto de Matilde.

Ele se dirigiu a um membro da equipe que acabava de chegar:

— Ela está com uma perna quebrada, provavelmente um braço também, e está inconsciente. Previna os paramédicos para que a evacuem imediatamente.

Ele apontou para o corpo de Tran.

— E aquele lá, como está?

— Tarde demais! — respondeu o homem de terno, do outro lado da sala.

Zofia segurava Matilde nos braços e tentava sufocar a tristeza que a invadia.

— É tudo culpa minha, eu não devia ter vindo aqui com ela.

Ela olhou para o céu pela janela quebrada, com o lábio inferior tremendo.

— Não a leve agora! Ela ia conseguir, estava no bom caminho. Tínhamos combinado dar alguns meses antes de decidir alguma coisa. Palavra é palavra!

Atônito, os dois paramédicos que se haviam aproximado perguntaram se estava tudo bem. Ela os tranqüilizou com um simples movimento de cabeça. Eles lhe ofereceram oxigênio, ela não quis. Pediram, então, que se afastasse, ela recuou alguns passos e os dois socorristas puseram Matilde na maca, dirigindo-se imediatamente para a saída. Zofia avançou até o que restava da janela envidraçada. Não tirou os olhos do corpo da amiga, que desapareceu na ambulância. O giroflex vermelho e laranja da unidade 02 desapareceu ao som da sirene que se afastava na direção do San Francisco Memorial Hospital.

— Não se culpe, acontece com qualquer um estar no lugar errado na hora errada, é o destino!

Zofia se assustou. Havia reconhecido a voz grave daquele que tentava reconfortá-la tão desajeitadamente. Lucas se aproximou, franzindo os olhos.

— O que faz aqui? — perguntou ela.

— Pensei que o chefe dos bombeiros já lhe havia dito — respondeu ele, tirando a gravata.

— ... E como tudo parece indicar que se trata de uma banal explosão de gás de cozinha ou, no pior dos casos, um ato criminoso, o simpático agente federal poderá voltar para casa e deixar os policiais comuns trabalharem. Os grupos terroristas não têm nenhuma razão para caçar pato com laranja!

A voz rouca e ríspida do inspetor de polícia interrompeu a conversa.

— A quem devemos a honra? — perguntou Lucas, num tom zombeteiro que traía a sua irritação.

— Ao inspetor Pilguez da polícia de São Francisco — respondeu Zofia.

— Estou feliz de que me tenha reconhecido desta vez! — disse Pilguez à Zofia, ignorando totalmente a presença de Lucas. — Quando for possível, você me explicará a sua atuação de hoje de manhã.

— Não gostaria de ter de explicar as circunstâncias dos nossos primeiros encontros, quero proteger Matilde — acrescentou Zofia. — As fofocas se espalham mais rápido do que o nevoeiro nas docas.

— Confiei em você ao deixar Matilde sair antes do previsto; por isso, agradeceria se fizesse o mesmo em relação a mim. O tato não é necessariamente proibido na polícia! Dito isso e diante do estado da pobrezinha, talvez fosse melhor tê-la deixado cumprir a pena.

— Bela definição de tato, inspetor! — replicou Lucas, despedindo-se dos dois.

Ele atravessou a enorme abertura onde jaziam os restos da monumental porta dupla importada da Ásia, a um custo muito alto.

Antes de chegar ao carro, Lucas chamou Zofia, da rua.

— Sinto muito pela sua amiga.

O Chevrolet preto desapareceu alguns segundos depois na interseção da Beach Street.

Zofia não podia dar nenhum esclarecimento ao inspetor. Apenas um terrível pressentimento a levara a apressar os clientes para sair do estabelecimento. Pilguez chamou a atenção para o fato de que as suas explicações eram um pouco superficiais diante do número de vidas que ela havia salvo. Zofia não tinha mais nada a acrescentar. Talvez, inconscientemente, houvesse detectado o cheiro de gás que escapava do teto falso da cozinha. Pilguez resmungou: os casos esquisitos em que o inconsciente sempre estava envolvido tinham uma lamentável tendência a persegui-lo nos últimos anos.

— Avise-me quando tiver estabelecido as conclusões da sua investigação, preciso saber o que aconteceu.

Ele deixou que ela fosse embora. Zofia voltou para o carro. O pára-brisa estava rachado de ponta a ponta e a carroceria marrom pintada de um cinza-poeira perfeitamente uniforme. No caminho que a levava para o pronto-socorro, ela cruzou com vários caminhões de bombeiros que continuavam a afluir em direção ao local do drama. Zofia parou o Ford, atravessou o estacionamento e entrou na emergência. Uma enfermeira veio ao seu encontro e informou que Matilde estava na sala de exames. Zofia agradeceu à moça e se sentou num dos bancos vazios da sala de espera.

*
* *

Lucas buzinou duas vezes, impaciente. Sentado na guarita, o guarda apertou o botão sem desviar o olhar atento da telinha: os Yankees venciam por larga margem. A barreira foi levantada e o Chevrolet avançou, faróis apagados, até a beirada do cais. Lucas abriu a janela e jogou fora a bituca do cigarro. Pôs a alavanca do câmbio automático na posição neutra e saiu do carro, deixando o motor ligado. Com um pontapé no pára-choque traseiro, deu apenas o impulso necessário para que o veículo fosse para a frente e tombasse do cais. Com as mãos na cintura, contemplou a cena, radiante. Quando a última bolha de ar estourou, ele se virou e foi caminhando alegremente para o estacionamento. Um Honda verde-oliva parecia esperar por ele. Lucas arrombou a fechadura, abriu o capô, arrancou o alarme e atirou-o longe. Sentou-se no carro e contemplou, sem entusiasmo, o interior de plástico. Tirou o molho de chaves e escolheu a que lhe parecia mais conveniente. O motor, com um som agudo, pegou imediatamente.

— Um japonês verde, só faltava essa! — praguejou, soltando o freio de mão.

Lucas olhou o relógio, estava atrasado, e acelerou. Sentado num amarradouro, um mendigo chamado Jules deu de ombros, olhando o carro afundar, e um último "glub" morreu na superfície.

— Ela vai sair dessa?

Era a terceira vez naquela noite que a voz de Lucas a assustava.

— É o que eu espero — respondeu, olhando-o de cima a baixo. — Quem é você, exatamente?

— Lucas. Sinto muito, e encantado ao mesmo tempo — disse ele, estendendo a mão.

Pela primeira vez, Zofia sentiu o cansaço invadi-la. Levantou-se e se dirigiu para a máquina de café.

— Quer um?

— Não tomo café — respondeu Lucas.

— Nem eu — disse, contemplando a moeda de vinte cents que girava na palma da mão. — O que faz aqui?

— Como você — explicou Lucas —, vim ver como ela vai.

— Por quê? — perguntou Zofia, pondo a moeda no bolso.

— Porque preciso fazer um relatório e, por enquanto, no item "vítimas", pus o número 1; então, vim verificar se preciso ou não alterar a informação. Gosto de entregar os relatórios no mesmo dia, tenho um horror dos diabos de atrasos.

— Não me diga!

— Teria sido melhor se tivesse aceitado o meu convite para jantar, não estaríamos aqui!

— Você fez bem em falar de tato há pouco, parece que sabe o que é isso!

— Ela só sairá do centro cirúrgico tarde da noite, um

garfo de cozinha para patos faz um estrago dos diabos quando entra num *magret** humano. Eles levarão horas para costurar isso, posso levá-la à cafeteria em frente?

— Não, realmente não pode!

— Como quiser, vamos esperar aqui, é menos agradável, mas já que você prefere... É uma pena!

Eles estavam sentados nos bancos, de costas um para o outro, há mais de uma hora, quando, finalmente, o cirurgião apareceu no fim do corredor. Ele não estalou as luvas de borracha (os cirurgiões sempre tiram as luvas ao sair do centro cirúrgico e jogam-nas nas latas de lixo disponíveis para esse fim). Matilde estava fora de perigo, a artéria não fora atingida. A ressonância magnética não havia revelado nenhum sinal de traumatismo craniano. A coluna vertebral estava intacta.

Matilde tinha duas fraturas não cominutivas, uma na perna, outra no braço, e alguns pontos de sutura. Estava sendo engessada. Sempre podia haver alguma complicação, mas o médico estava confiante. Entretanto, ele queria que ela ficasse de repouso completo nas próximas horas. Ficaria muito grato se Zofia avisasse os parentes que nenhuma visita seria autorizada antes da manhã seguinte.

— Isso será fácil — respondeu —, ela só tem a mim.

Zofia deixou com a responsável do andar o número do seu bipe. Ao sair, passou por Lucas, e, sem lhe dirigir o olhar, informou que não precisaria rasurar o relatório. E desapareceu

---

* Magret — Na França, e no jargão de *chef* de qualquer país, é a designação de uma porção de peito de pato, com pele. — FORNARI, Cláudio, *Dicionário-Almanaque de Comes e Bebes*, Editora Nova Fronteira, Rio de Janeiro, 2001. (N. T.)

na roleta da saída. Lucas foi atrás dela no estacionamento deserto, Zofia ainda procurava as chaves.

— Se pudesse parar de me assustar, eu agradeceria muito — disse ela.

— Creio que começamos mal — falou Lucas com voz suave.

— Começamos o quê? — retorquiu ela.

Lucas hesitou antes de responder:

— Digamos que às vezes sou muito direto nas minhas afirmações, mas me alegro sinceramente por sua amiga sair dessa.

— Bom, ao menos compartilhamos alguma coisa hoje, de modo que tudo é possível! Agora, se fizer o favor de me deixar abrir a porta do carro...

— E se também compartilhássemos um café... por favor?

Zofia ficou muda.

— Péssima cartada! — prosseguiu Lucas. — Você não toma café, nem eu! Um suco de laranja, quem sabe? Ali em frente eles servem sucos excelentes.

— Por que você quer tanto matar a sede na minha companhia?

— Porque acabei de chegar na cidade e, na verdade, não conheço ninguém. Passei três anos numa extrema solidão em Nova York, o que não tem nada de original. A Grande Maçã* me tornou pouco eloqüente, mas estou resolvido a mudar.

Zofia inclinou a cabeça e examinou Lucas.

— Bom, vou começar de novo — disse ele. — Esqueça Nova York, minha solidão e, aliás, o resto também. Não sei por

---

* Apelido dado à cidade de Nova York.

que quero tanto tomar alguma bebida com você. Na verdade, estou pouco ligando para a bebida; o que eu quero é conhecer você. Pronto, eu disse a verdade. Seria uma boa ação da sua parte dizer sim.

Zofia olhou o relógio e hesitou por alguns segundos. Sorriu e aceitou o convite. Eles atravessaram a rua e entraram no Krispy Kreme. O pequeno estabelecimento tinha um cheiro bom de doce quente. Um tabuleiro de sonhos acabava de sair do forno. Eles se sentaram a uma mesa em frente à vitrine. Zofia não comia nada e olhava Lucas, perplexa. Ele havia devorado sete sonhos com açúcar cristalizado em menos de dez minutos.

— Na lista dos pecados capitais, pelo que vejo, a gula não o deixou traumatizado — disse ela com um olhar divertido.

— Essa história de pecados é ridícula... — respondeu ele chupando os dedos — coisas de padre. Um dia sem sonho é pior do que um dia de tempo bom!

— Você não gosta de sol? — perguntou ela, atônita.

— Ah, eu adoro! O sol provoca queimaduras e os cânceres de pele; os homens morrem de calor, estrangulados pelas gravatas; as mulheres ficam aterrorizadas com a idéia de a maquiagem derreter, todo o mundo acaba adoecendo por causa do ar-condicionado que faz um buraco na camada de ozônio; a poluição aumenta e os animais morrem de sede, sem falar dos velhos que sufocam. Ah! Não, me perdoe! O sol não é, de jeito nenhum, uma invenção de quem nós pensamos que seja.

— Você tem uma estranha concepção das coisas.

Zofia ficou ainda mais atenta às afirmações de Lucas quando ele disse num tom sério que era preciso sermos honesto quando qualificávamos o mal e o bem. A ordem das palavras deixou Zofia intrigada. Por várias vezes, Lucas havia citado o mal antes do bem... e, em geral, as pessoas faziam o inverso.

Uma idéia passou pela cabeça dela. Suspeitou que ele fosse um Anjo Verificador, que viera controlar o bom andamento da missão. Ela os havia encontrado muitas vezes em operações bem menos ambiciosas. Quanto mais Lucas falava, mais a hipótese lhe parecia verossímil, tão provocador ele era. Terminando o nono sonho, ele anunciou, de boca cheia, que adoraria revê-la. Zofia sorriu. Ele pagou a conta e os dois saíram.

No estacionamento deserto, Lucas levantou a cabeça.

— Um pouco frio, mas um céu sublime, né?

Ela aceitou o convite dele para jantar no dia seguinte. Se, por um acaso, os dois trabalhassem para a mesma casa, aquele que quisera testá-la estaria bem servido: pensava se entregar à tarefa de todo o coração. Zofia entrou no carro e voltou para casa.

Estacionou em frente a casa e tomou cuidado para não fazer barulho ao subir os degraus da entrada. Nenhuma luz refletia na entrada, a porta de Reine Sheridan estava fechada.

Antes de entrar em casa, ela olhou para o céu, não havia nuvens nem estrelas no firmamento.

Houve tarde e houve manhã...

2

Segundo Dia

Matilde acordou com a aurora. Durante a noite, haviam-na descido para um quarto, onde o tédio já penetrava. Há quinze meses a hiperatividade era o seu único remédio para se curar das escoriações de uma outra vida em que o maligno coquetel de desespero e drogas quase a dominara. O néon que crepitava acima da sua cabeça lembrava as longas horas passadas a lutar contra a síndrome de abstinência que, na ocasião, rasgara as suas entranhas com indescritíveis algias. Memórias dos dias dantescos nos quais Zofia, que ela chamava de seu anjo da guarda, precisava segurar as suas mãos. Para sobreviver, ela mutilava o corpo, arranhava-o, até arrancar a pele, para criar novas feridas que diluiriam o castigo intolerável dos findos prazeres.

Às vezes, parecia-lhe ainda sentir atrás da cabeça as fisgadas dos hematomas, conseqüência dos inúmeros golpes que dava em si mesma, no abismo das noites passadas em sofrimentos supremos. Ela olhou a dobra do braço, os estigmas das picadas se haviam apagado semana após semana, sinal de redenção. Apenas um único pontinho violáceo ainda resistia no traçado de uma veia, como um lembrete do lugar por onde a morte lenta havia entrado. Zofia empurrou a porta do quarto.

— Bem a tempo — disse, pondo um buquê de peônias na mesa-de-cabeceira.

— Por que bem a tempo? — perguntou Matilde.

— Vi a sua cara ao entrar, a meteorologia da sua moral dava mostras de mudar para instável, com tendência a tempestade. Vou pedir um vaso às enfermeiras.

— Fique comigo — disse Matilde, com voz apagada.

— As peônias são quase tão impacientes quanto você, precisam de muita água; não se mexa, já volto.

Sozinha no quarto, Matilde contemplava as flores. Com o braço saudável, acariciou as corolas sedosas. As pétalas da peônia tinham a textura da pelagem do gato, Matilde adorava os felinos. Zofia interrompeu-lhe o devaneio ao voltar para o quarto com um balde nos braços.

— É só o que elas tinham; não faz mal, essas flores não são esnobes.

— São as minhas preferidas.

— Eu sei.

— O que fez para consegui-las fora da estação?

— Segredo!

Zofia contemplou a perna engessada da amiga, em seguida a tala que lhe imobilizava o braço. Matilde lhe surpreendeu o olhar.

— Você agiu sem dó nem piedade com o seu isqueiro! O que aconteceu, exatamente? Não me lembro de quase nada.

Estávamos conversando, você se levantou, eu não, e em seguida um imenso buraco negro.

— É... escapamento de gás no teto falso da cozinha! Quanto tempo vai ter de ficar aqui?

Os médicos teriam deixado Matilde sair de manhã, mas ela não tinha meios suficientes para contratar uma ajuda em domicílio e o seu estado a deixava sem nenhuma autonomia. Quando Zofia se preparava para ir embora, Matilde se desfez em lágrimas.

— Não me deixe aqui, esse cheiro de desinfetante me deixa louca! Já paguei o suficiente pelos meus pecados, juro! Nunca mais entrarei numa dessas. Tenho tanto medo de recair que finjo engolir os calmantes que eles me dão. Sei que sou um peso para você, mas me tire daqui, Zofia, agora!

Zofia voltou para a cabeceira da amiga e acariciou-lhe a testa para acabar com os espasmos de tristeza que agitavam o corpo dela. Prometeu que faria todo o possível para encontrar uma rápida solução, passaria para vê-la no fim da tarde.

Ao sair do hospital, Zofia correu para as docas, seu dia estava cheio. O tempo passava depressa: tinha uma missão a cumprir e alguns protegidos que nunca pensaria em deixar de lado. Ela foi visitar o velho amigo errante. Jules havia deixado o mundo sem nunca ter tomado consciência do caminho que o levara para debaixo do arco nº 7, eleito como domicílio fixo... Apenas uma série de peças que a vida lhe havia pregado. Um corte de pessoal havia marcado o final de sua carreira. Uma simples carta lhe anunciara que não fazia mais parte da grande companhia que havia sido toda a sua vida.

Com cinqüenta e oito anos ainda se é bem jovem... e mesmo que as empresas de cosméticos jurassem que com a aproximação dos sessenta ainda se tem toda uma vida pela frente, por menos que se cuide do capital estético, seus próprios departamentos de recursos humanos não estavam nada convencidos disso, ao avaliar o plano de carreira de seus executivos. Foi assim que Jules Minsky ficou desempregado. Um agente da segurança confiscara seu crachá na entrada do prédio, onde ele passara mais tempo do que na própria casa. Sem lhe dirigir uma única palavra, o homem o acompanhara à mesa dele. Sob o olhar silencioso dos colegas de trabalho, ele havia arrumado as suas coisas. Jules havia ido embora, num sinistro dia de chuva, com uma pequena caixa de papelão debaixo do braço, sua única bagagem depois de trinta e dois anos de fiéis serviços.

A vida de Jules Minsky, estatístico e apaixonado por matemática aplicada, se resumia numa aritmética bem imperfeita: soma de fins de semana passados em cima de dossiês em detrimento da própria vida; divisão sofrida em benefício do poder daqueles que o empregavam (deveriam ter orgulho em trabalhar ali, formavam uma grande família onde todos tinham o seu papel a desempenhar, condição para manter o emprego); multiplicação de humilhações e de idéias ignoradas por algumas autoridades ilegítimas com poderes ilegalmente adquiridos; finalmente, subtração do direito de terminar a carreira com dignidade. Semelhante à quadratura do círculo, a vida de Jules se reduzia a uma equação de iniqüidades insolúveis.

No início da nova vida, Jules gostava de perambular próximo ao depósito de ferro-velho onde uma prensa enorme amassava as carcaças dos carros imprestáveis. Para expulsar a solidão que assombrava as suas noites, muitas vezes imaginava a vida do jovem e próspero executivo que havia arruinado a sua ao "avaliá-lo" como sendo bom para sucata. Os cartões de crédito haviam sido cancelados no outono, a conta bancária não sobrevivera ao inverno, entregara a casa na primavera. No verão seguinte, havia sacrificado um imenso amor ao levar seu orgulho numa última viagem. Sem nem mesmo se dar conta, o denominado Jules Minsky, cinqüenta e oito anos, voltara e elegera seu domicílio não-fixo o local embaixo do arco nº 7 do cais 80 do porto comercial de São Francisco. Em breve poderia comemorar dez anos ao relento. Gostava de contar a quem pudesse ouvir que, no dia da sua grande partida, ele, na verdade, ainda não teria entendido nada.

Zofia viu a ferida que exsudava sob o rasgão da calça de *tweed* com motivo príncipe-de-gales.

— Jules, você devia tratar dessa perna!

— Ora, não recomece, por favor. Minha perna vai muito bem!

— Se não desinfetar essa ferida, ela provocará uma gangrena em menos de uma semana e você sabe disso muito bem!

— Já passei pela pior das gangrenas, minha linda; por isso, uma a mais, uma a menos... E, além disso, desde que comecei a pedir a Deus que viesse me buscar, preciso deixá-lo agir. Se eu me tratar cada vez que tiver alguma coisa errada, de que adianta implorar para partir desta droga de Terra? Então, como vê, esse dodói é meu bilhete sorteado para o além.

— Quem pôs essas idéias estúpidas na sua cabeça?

— Ninguém, mas tem um rapaz que perambula por aqui e que está totalmente de acordo comigo. Gosto muito de conversar com ele. Quando o vejo, é como se olhasse o meu reflexo num espelho do passado. Ele se veste com o mesmo tipo de terno que eu usava antes de o meu alfaiate ter uma vertigem ao se deparar com os abismos dos meus bolsos. Eu prego a boa palavra, ele a má, sabe, fazemos uma barganha e eu me distraio.

Nem parede, nem teto, ninguém para odiar, havia tanto alimento diante da porta quanto as grades que se gostaria de serrar... A condição de Jules Minsky era pior do que a de um prisioneiro. Sonhar pode tornar-se um luxo quando se luta pela sobrevivência. De dia, precisava procurar comida no lixo; no inverno, tinha de andar sem parar para combater a aliança mortal do sono e do frio.

— Jules, vou levá-lo ao posto de saúde!

— Pensei que você trabalhasse na segurança do porto, não no Exército da Salvação!

Zofia puxou com toda a força o braço do mendigo para ajudá-lo a se levantar. Ele não facilitou o trabalho, mas, por bem ou por mal, acabou por acompanhá-la até o carro. Ela abriu a porta, Jules passou a mão na barba, hesitante. Zofia olhou para ele em silêncio. As magníficas rugas em volta das íris azuis eram os fortins de uma alma rica de emoções. Em volta da boca grande e sorridente estavam desenhadas outras palavras, as de uma vida onde a pobreza era apenas aparência.

— O cheiro não vai ser muito bom dentro da sua carruagem. Com esse cambito ferrado não pude ir aos banhos nos últimos dias!

— Jules, se dizem que o dinheiro não tem cheiro, por que um pouco de miséria o teria? Pare de discutir e entre!

Depois de confiar o seu passageiro aos cuidados do posto de saúde, ela voltou para as docas. No caminho, fez um desvio para fazer uma visita à Miss Sheridan: tinha um grande favor a pedir. Zofia encontrou-a na porta. Reine precisava fazer algumas compras e, nessa cidade, famosa pelas suas ladeiras em que cada passo era um desafio para uma pessoa idosa, encontrar Zofia àquela hora pouco habitual era um milagre. Zofia pediu que ela fosse entrando no carro e subiu correndo ao seu apartamento. Entrou em casa, deu uma olhada na secretária eletrônica, que não tinha nenhum recado gravado, e desceu em seguida. No trajeto, Zofia se abriu com Reine, que concordou em receber Matilde até que ela se restabelecesse. Seria preciso encontrar um modo de içá-la até o primeiro andar e alguns bons pares de braços para descer a cama de ferro guardada no sótão.

*
* *

Confortavelmente sentado na cafeteria do número 666 da Market Street, Lucas rabiscava alguns cálculos na mesa de fórmica depois de assumir o novo emprego no maior grupo imobiliário da Califórnia. Ele molhava o sétimo *croissant* numa xícara de café com leite, inclinado sobre a obra apaixonante que contava como o Vale do Silício se havia desenvolvido: *Uma ampla faixa de terra, que se tornou, em trinta anos, a mais estratégica zona das altas tecnologias, batizada de pulmão da informática do mundo.* Para um especialista como ele em troca de identidades, fazer com que o contratassem havia sido de uma simplicidade desconcertante e Lucas já sentia um prazer extraordinário na preparação de seu plano maquiavélico.

Na véspera, no avião que viera de Nova York, o olhar de Lucas se havia iluminado ao ler um artigo no *San Francisco Chronicle* sobre o grupo imobiliário A&H: a fisionomia arredondada do vice-presidente se oferecia, sem recato, à objetiva do fotógrafo. Ed Heurt, o H de A&H, era excelente na arte de se pavonear, em entrevistas coletivas à imprensa, vangloriando sem parar as incomensuráveis contribuições do seu grupo para o desenvolvimento econômico da região. O homem, que há vinte anos ambicionava a carreira de deputado, nunca perdia uma cerimônia oficial. Ele se preparava para inaugurar, fazendo o maior auê dominical, a abertura oficial da pesca ao caranguejo. Foi nessa ocasião que Lucas cruzou o caminho de Ed Heurt.

O impressionante caderninho de endereços influentes com que Lucas havia recheado a conversa lhe valera o cargo de conselheiro da vice-presidência, criado instantaneamente para ele. As engrenagens do oportunismo não tinham nenhum segredo para Ed Heurt e o acordo foi selado antes que o número dois do grupo acabasse de comer uma patinha de caranguejo, generosamente molhada numa maionese com açafrão, que manchou, também generosamente, o plastrom do seu *smoking*.

Eram onze horas da manhã e, dentro de uma hora, Ed apresentaria Lucas ao sócio, Antonio Andric, presidente do grupo.

O A de A&H dirigia com mão de ferro numa luva de pelica a vasta rede comercial que ele soubera tecer ao longo dos anos. Um dom inato para o ramo imobiliário, uma assiduidade inigualável no trabalho haviam possibilitado a Antonio Andric desenvolver um imenso império, que empregava mais de trezentos corretores e quase o mesmo número de advogados, contadores e auxiliares.

Lucas hesitou antes de rejeitar a oitava iguaria. Estalou os dedos para pedir um *cappuccino*. Mordiscando a sua caneta hidrográfica preta, consultou os folhetos e continuou a refletir. As estatísticas que havia conseguido no departamento de informática da A&H eram eloqüentes.

Permitindo-se, afinal, comer um pão recheado de chocolate, ele concluiu que era impossível alugar, vender ou comprar um imóvel, por menor que fosse, ou mesmo uma parcela de terreno em todo o vale, sem negociar com o grupo que o empregava desde a tarde da véspera. A plaqueta publicitária e o inefável *slogan* "O imóvel inteligente" lhe permitiriam refinar os seus planos.

A A&H era uma sociedade com duas cabeças, seu calcanhar-de-aquiles estava na junção dos dois pescoços da hidra. Bastaria que os dois cérebros da organização aspirassem o mesmo ar para se sufocarem mutuamente. Se Andric e Heurt disputassem o leme do navio, o grupo não tardaria a andar à deriva. O naufrágio brutal do império A&H atiçaria rapidamente o apetite dos grandes proprietários, provocando a desestabilização do mercado imobiliário, num vale onde os aluguéis eram os pilares fundamentais da vida econômica. As reações do mercado financeiro não se fariam esperar e as empresas da região seriam rapidamente asfixiadas.

Lucas manuseou alguns dados para estabelecer suas hipóteses: a mais provável era a de que um grande número de empresas não sobrevivesse ao aumento dos seus aluguéis e à queda das suas cotações. Mesmo sendo pessimista, os cálculos de Lucas previam que, no mínimo, dez mil pessoas perderiam seus empregos; um número suficiente para implodir a economia de toda a região e provocar a mais bela embolia jamais imaginada, a do *pulmão de informática do mundo*.

Como o mercado financeiro só conseguia igualar às certezas passageiras a timidez permanente, os bilhões aplicados em Wall Street nas empresas de alta tecnologia se volatilizariam em algumas semanas, provocando um magnífico enfarte no coração do país.

— Até que a globalização tem algo de bom! — disse Lucas para a garçonete que, dessa vez, lhe trouxe um chocolate quente.

— Por quê? É com um produto coreano que você vai limpar essas porcarias? — respondeu ela, desconfiada, olhando os rabiscos na mesa.

— Vou apagar tudo quando sair! — resmungou ele, retomando o curso do pensamento.

Já que diziam que o bater de asas de uma única borboleta poderia dar início a um ciclone, Lucas ia demonstrar que esse teorema podia ser aplicado na economia. A crise americana não tardaria a se propagar pela Europa e pela Ásia. A A&H seria a sua borboleta, Ed Heurt o seu bater de asas e as docas da cidade poderiam muito bem ser o teatro da sua vitória.

Depois de riscar a fórmica metodicamente com um garfo, Lucas saiu da cafeteria e deu a volta no prédio. Ele localizou na rua um Chrysler cupê e arrombou a fechadura da porta. No sinal, acionou a capota elétrica, que se dobrou para trás. Ao descer a rampa do estacionamento do seu novo escritório, Lucas pegou o celular. Ele parou em frente ao manobrista e fez um sinal amigável com a mão para que ele esperasse enquanto terminava a ligação. Com uma voz ostensiva, revelou a um interlocutor imaginário ter surpreendido Ed Heurt anunciar a uma fascinante jornalista que a verdadeira cabeça do grupo era ele, e o sócio apenas as pernas! Lucas completou com uma formidável gargalhada, abriu a porta e entregou as chaves ao rapaz, que lhe chamou a atenção para o miolo da fechadura arrebentado.

— Eu sei — disse Lucas, pesaroso —, não se tem mais segurança em lugar nenhum!

Sete dias para uma eternidade...

O manobrista, que não havia perdido nem uma palavra da conversa, ficou olhando Lucas se afastar em direção ao *hall* do prédio. Ele foi estacionar o conversível com perícia, e agradecido... era para ele, e para ninguém mais, que a secretária particular de Antonio Andric entregava o seu 4X4 para estacionar. O boato levou duas horas para subir até o nono e último andar do número 666 da Market Street, a prestigiada sede social da A&H: a pausa para o almoço havia freado a sua progressão. Às treze horas e dezessete minutos, Antonio Andric entrava enlouquecido de raiva na sala de Ed Heurt; às treze e vinte e nove, o mesmo Antonio saía da sala do sócio batendo a porta. Ele gritou no corredor que "as pernas" iam relaxar no campo de golfe e que as "meninges" só precisavam se responsabilizar, no seu lugar, pelo comitê mensal de diretores comerciais.

Lucas dirigiu um olhar cúmplice ao manobrista ao pegar o carro. Ele só tinha uma reunião com seu empregador dentro de uma hora; portanto, havia tempo para dar uma voltinha. Estava louco para trocar de carro e, para estacionar, do seu jeito, o carro que guiava, o porto não estava tão longe assim.

*
* *

Zofia havia deixado Reine no cabeleireiro e prometera ir buscá-la duas horas depois. O tempo exato de dar a sua aula de história no centro de formação para cegos. Os alunos de Zofia se levantaram quando ela passou pela porta.

— Sem falsa modéstia, sou a mais nova desta classe, sentem-se, por favor!

A assembléia obedeceu num murmúrio e Zofia retomou a lição onde havia parado. Ela abriu o livro em braile que estava na sua mesa e começou a leitura. Zofia gostava dessa escrita na qual as palavras se desmanchavam na ponta dos dedos, as frases se formavam com o tato, os textos adquiriam vida na palma da mão. Apreciava esse universo amblíope, tão misterioso para aqueles que pensavam ver tudo, mesmo que, constantemente, fossem cegos para tantas coisas essenciais. Quando tocou o sino, ela havia terminado a lição e marcado com os alunos um encontro para a quinta-feira seguinte. Zofia pegou o carro e foi buscar Reine para levá-la de volta para casa. Em seguida, atravessou novamente a cidade para levar Jules do posto de saúde para as docas. A bandagem que envolvia a perna dele lhe dava uma aparência de pirata, e ele não disfarçou um certo orgulho quando Zofia fez a observação.

— Está preocupada? — perguntou Jules.

— Não, só um pouco sobrecarregada.

— Você está sempre sobrecarregada, pode falar.

— Jules, aceitei um estranho desafio. Se você precisasse fazer alguma coisa incrivelmente boa, alguma coisa que mudasse a trajetória do mundo, o que escolheria?

— Se eu fosse utopista ou se acreditasse em milagre, diria para você que erradicaria a fome no mundo, acabaria com todas as doenças, proibiria, quem quer que fosse, de atentar contra a dignidade de uma criança. Reconciliaria todas as religiões, sopraria uma imensa safra de tolerância sobre a Terra e, acho, também, que eliminaria toda a pobreza. É, isso é o que faria... se eu fosse Deus!

— E você já se perguntou por que *Ele* não faz isso?

— Você sabe tão bem quanto eu que tudo isso não depende da vontade *Dele*, e sim da vontade dos homens, a quem *Ele* entregou a Terra. Não existe nenhum bem imenso que se possa representar, Zofia, simplesmente porque, ao contrário do mal, o bem é invisível. Ele não pode ser calculado, nem contado, sem que perca a virtude e o sentido. O bem é composto de uma infinidade de pequenas atenções que, se colocadas de um extremo ao outro, talvez, algum dia, acabem por transformar o mundo. Peça a qualquer pessoa para citar cinco homens que tenham mudado o curso da humanidade para o bem. Sei lá, por exemplo, o primeiro dos democratas, o inventor dos antibióticos ou um pacificador. Por mais estranho que pareça, poucas pessoas conseguirão citar esses nomes, sendo que lembrarão, sem problemas, dos nomes de cinco ditadores. Sabemos os nomes de todas as doenças, raramente os nomes dos homens que as venceram. O apogeu do mal que todos nós tememos é o fim do mundo, mas parece que todos ignoramos que o apogeu do bem já ocorreu... o dia da Criação.

— Mas e daí, Jules, o que você faria para fazer o bem, para realizar um grande bem?

— Eu faria exatamente o que você faz! Eu daria àqueles que vivem ao meu lado a esperança de todas as possibilidades. Você inventou uma coisa maravilhosa agora há pouco, sem nem perceber.

— O que eu fiz?

— Ao passar em frente ao meu arco você sorriu para mim. Um pouco depois, esse detetive, que vem sempre almoçar por aqui, passou de carro, ele me olhou com o eterno ar enfezado. Nossos olhares se cruzaram, eu dei para ele o seu sorriso, e quando ele saiu eu vi, levava um sorriso nos lábios. Então, com um pouco de esperança, ele o deve ter transmitido àquele ou àquela com quem ia encontrar-se. Percebe agora o que você fez? Você inventou uma espécie de vacina contra o instante de mal-estar. Se todo o mundo fizesse isso, nem que fosse uma vez por dia, dar apenas um sorriso, já imaginou o incrível contágio de felicidade que correria sobre a Terra? Então você ganharia a aposta.

O velho Jules tossiu com a mão na boca.

— Mas veja bem. Eu disse que não era utopista. Portanto, vou me contentar em lhe agradecer por me trazer de volta até aqui.

O mendigo desceu do carro e saiu andando em direção ao abrigo. Ele se virou e fez um sinal com a mão para Zofia.

— Quaisquer que sejam as dúvidas que você tenha, acredite no seu instinto e continue a fazer aquilo que faz.

Zofia olhou para ele, interrogativa.

— Jules, o que você fazia antes de vir morar aqui?

Ele desapareceu sob o arco, sem responder.

Zofia foi visitar Manca no Fisher's Deli. A hora do almoço já havia começado e, pela segunda vez naquele dia, ela precisava pedir um favor a alguém. O contramestre não havia tocado no prato. Ela se sentou à mesa dele.

— Por que não come os ovos mexidos?

Manca se inclinou para cochichar no ouvido dela:

— Quando Matilde não está aqui, a comida não tem gosto de nada.

— É exatamente sobre ela que eu vim falar com você.

Zofia saiu do porto meia hora depois, acompanhada do contramestre e de quatro estivadores. Ao passar em frente ao arco nº 7, ela parou bruscamente. Havia reconhecido o homem de terno elegante que fumava um cigarro ao lado de Jules. Os dois estivadores sentados no seu carro e os outros dois que a seguiam numa picape perguntaram por que havia freado tão brutalmente. Ela acelerou sem responder e saiu em direção ao Memorial Hospital.

*
* *

Os faróis do Lexus, novo em folha, se acenderam, assim que ele entrou no subsolo. Num passo apressado, Lucas foi em direção à porta de acesso às escadas. Ele consultou o relógio, estava dez minutos adiantado.

As portas do elevador se abriram no nono andar. Ele desviou o caminho para passar em frente à sala da secretária de Antonio Andric, pediu para entrar e se sentou na ponta da mesa. Ela não levantou a cabeça e continuou a dedilhar o teclado do computador.

— Você é totalmente dedicada ao seu trabalho, né?

Elizabeth sorriu para ele e continuou a trabalhar.

— Sabia que na Europa as horas de trabalho são legalizadas? Na França — acrescentou Lucas — eles acham que mais de trinta e cinco horas por semana prejudicam o desenvolvimento do indivíduo.

Elizabeth se levantou para pegar uma xícara de café.

— E se for a própria pessoa que quiser trabalhar mais? — perguntou ela.

— Não pode! A França privilegia a arte de viver!

Elizabeth voltou a se sentar atrás do monitor e se dirigiu a Lucas com uma voz distante:

— Tenho quarenta e oito anos, sou divorciada, meus dois filhos estão na universidade, sou proprietária de um pequeno apartamento em Sausalito e de um lindo condomínio na beira do lago Tahoe, que acabarei de pagar dentro de dois anos. Para dizer a verdade, nem sinto passar o tempo quando estou aqui. Gosto muito do que faço, bem mais do que perambular diante de vitrines e constatar que não trampei o bastante para comprar o que tenho vontade. Quanto aos franceses, devo lembrar que eles comem *escargots*! O senhor Heurt já está na sala e você tem uma reunião com ele às quatorze horas... o que vem a calhar, pois são exatamente quatorze horas!

Lucas se dirigiu para a porta. Antes de sair para o corredor, ele se virou.

— Você nunca provou a manteiga de alho, senão não diria isso!

*
* *

Zofia organizara a saída antecipada de Matilde. Matilde aceitara assinar um termo de responsabilidade e Zofia havia jurado que ao menor sinal de anormalidade ela viria imediatamente para o pronto-socorro. O chefe da seção deu o seu consentimento, desde que o exame médico, previsto para as quinze horas, não desmentisse a evolução favorável do estado de saúde da paciente.

Quatro estivadores cuidaram de Matilde no estacionamento do hospital. As brincadeiras sobre a fragilidade do carregamento não paravam: eles se divertiam em usar o vocabulário da armazenagem, no qual Matilde representava o papel do contêiner. Eles a deitaram com muito cuidado na maca que haviam improvisado na traseira da caminhonete. Zofia guiava o mais devagar possível, porém qualquer solavanco provocava na perna de Matilde uma dor intensa que subia até a virilha. Levaram uma meia hora para chegar ao porto seguro.

Os estivadores desceram a cama de metal do sótão e a instalaram na sala de Zofia. Manca empurrou-a até a janela e pôs ao lado a mesinha de pé de galo que faria o papel de mesa-de-cabeceira. Deu-se início, então, à lenta ascensão de Matilde, que os estivadores levaram para cima sob o comando de Manca. A cada degrau, Zofia apertava as mãos ao ouvir Matilde gritar de medo. Os homens respondiam cantando aos berros. Elas acabaram cedendo ao riso depois que eles, finalmente, passaram pelo cotovelo do vão da escada. Com mil cuidados, colocaram a sua garçonete preferida nos novos lençóis.

Zofia convidou-os para almoçar como forma de agradecimento. Manca disse que não era preciso, Matilde já os havia mimado o suficiente no Deli, e eles pagavam na mesma moeda. Zofia levou-os de volta ao porto. Quando o carro se afastou, Reine preparou duas xícaras de café, com alguns pedaços de bolo arrumados numa pequena vasilha de prata cinzelada, e subiu ao primeiro andar.

Ao sair do cais 80, Zofia resolveu dar uma pequena volta. Ligou o rádio e ficou procurando uma estação, até que a voz de Louis Armstrong se elevou no interior do carro. *What a wonderful world* era uma das suas músicas preferidas. Ela cantarolou em uníssono com o velho *bluesman*. O Ford virou a esquina dos armazéns e foi na direção dos arcos que beiravam o tramo dos imensos guindastes. Ela acelerou e, ao passar pelas lombadas, era como se o carro tivesse uma série de soluços.

Zofia sorriu e escancarou a janela. O vento fazia seu cabelo voar, ela girou o botão do volume e a música tocou ainda mais alto. Radiante, Zofia se divertiu ziguezagueando entre os cones de segurança... até o sétimo arco. Quando viu Jules, ela fez um sinal com a mão, que ele devolveu em seguida. Ele estava sozinho... então Zofia desligou o rádio, fechou a janela e virou na direção da saída.

*
* *

Heurt saiu da sala do conselho sob os aplausos aduladores dos diretores, perplexos com as promessas que lhes haviam sido feitas. Ignorando qualquer exercício de comunicação, Ed havia transformado a reunião comercial numa paródia de coletiva de imprensa, detalhando sem recato suas visões megalo-expansionistas. No elevador que o levava de volta ao nono andar, Ed estava no céu: afinal, o gerenciamento de homens não era tão complicado assim; se precisasse, poderia muito bem implementar sozinho o destino do grupo. Louco de alegria, ergueu o punho fechado para cima, em sinal de vitória.

*
* *

A bola de golfe havia feito a bandeira oscilar antes de desaparecer. Antonio Andric acabara de conseguir um magnífico "*hole in one*" num buraco de "par quatro". Louco de alegria, ergueu o punho fechado para cima, em sinal de vitória.

*
* *

Radiante, Lucas abaixou o punho na direção da terra, em sinal de vitória: o vice-presidente conseguira semear um caos sem precedentes entre os dirigentes do seu império, e a confusão estabelecida nessas cabeças não tardaria a se propagar nos andares inferiores.

Ed o esperava perto da máquina de bebidas e abriu os braços ao vê-lo.

— Que reunião formidável, né? Percebi que fico tempo demais longe das minhas tropas! Preciso remediar isso, e a respeito desse assunto tenho um pequeno favor a lhe pedir.

Ed havia marcado um encontro naquela noite com uma jornalista que ia escrever um artigo sobre ele num jornal local. Pela primeira vez, sacrificaria os seus compromissos com a imprensa em benefício de seus fiéis colaboradores. Havia convidado o chefe dos recursos humanos, o responsável pelo marketing e os quatro diretores da rede comercial para jantar. Por causa do pequeno bate-boca com Antonio, preferia não informar o sócio sobre a sua iniciativa, deixando que ele usufruísse de uma verdadeira noite de descanso, de que, visivelmente, precisava. Se Lucas quisesse comparecer à entrevista no lugar dele, lhe prestaria um favor inestimável; sobretudo porque os elogios de um terceiro sempre eram mais convincentes. Ed contava com a eficiência do novo conselheiro, e o encorajou com um tapinha amigável no ombro. A mesa estava reservada para as vinte e uma horas no Simbad, um restaurante de frutos do mar no Fisherman's Wharf: um cenário ligeiramente romântico,

caranguejos deliciosos, uma conta considerável, o efeito seria
eloqüente.

*
* *

Depois de cuidar da transferência de Matilde, Zofia voltou ao Memorial Hospital, dessa vez numa outra seção. Ela entrou no pavilhão n? 3 e subiu ao terceiro andar.

A seção de internações pediátricas estava, como sempre, sobrecarregada. Assim que o pequeno Thomas reconheceu o passo dela no fundo do corredor, o rosto dele se iluminou. Para ele, as terças e as quintas-feiras eram dias sem tristezas. Zofia lhe acariciou o rosto, se sentou na beirada da cama, deu um beijo na palma da própria mão, soprou na direção do menino (um gesto combinado entre eles) e retomou a leitura na página com o canto dobrado. Ninguém tinha autorização para mexer no livro que ela guardava na gaveta da mesa-de-cabeceira depois de cada visita. Thomas cuidava dele como se fosse um tesouro. Nem mesmo se permitia ler uma única palavra na ausência dela. O homenzinho careca conhecia melhor do que ninguém o valor do momento mágico. Só Zofia podia ler para ele esse conto. Ninguém lhe confiscaria um minuto das histórias fantásticas do coelho Teodoro. Com as suas diferentes entonações, Zofia transformava cada linha numa preciosidade. Às vezes ela se levantava, percorria o cômodo de ponta a ponta; e cada uma das grandes passadas, acompanhadas de amplos movimentos dos braços e de mímicas, provocava instantâneas gargalhadas do menino. Nessa hora feérica em que os personagens adquiriam vida no quarto, era como se a vida readquirisse os seus direitos. Mesmo quando abria os olhos, Thomas esquecia as paredes, o medo e a dor.

Ela fechou o livro, guardou-o no lugar e olhou para Thomas, que franzia as sobrancelhas.

— Você ficou preocupado de repente?

— Não — respondeu a criança.

— Não entendeu alguma coisa da história?

— Isso.

— O quê? — disse ela pegando na mão dele.

— Por que você me conta histórias?

Zofia não encontrava as palavras certas para dar uma resposta, e então Thomas sorriu.

— Eu sei — disse ele.

— Então diga.

Ele enrubesceu e fez deslizar a dobra do lençol de algodão entre seus dedos. Em seguida, murmurou:

— Porque você me ama!

E dessa vez foram as faces de Zofia que enrubesceram.

— Tem razão, essa era exatamente a palavra que eu procurava — disse ela com voz terna.

— Por que os adultos nem sempre dizem a verdade?

— Porque, às vezes, eu acho que a verdade lhes dá medo.

— Mas você não é como eles, né?

— Digamos que eu faço o melhor possível, Thomas.

Zofia levantou o queixo da criança e beijou-o. Ele mergulhou nos braços dela e apertou-a bem forte. Depois desse carinho, Zofia caminhou em direção à porta, mas Thomas chamou-a uma última vez.

— Eu vou morrer?

Thomas a encarava, Zofia examinou longamente o olhar profundo do menino.

— Talvez.

— Não se você estiver aqui; então, até quinta — disse a criança.

— Até quinta — respondeu Zofia, soprando um beijo da palma da mão.

Ela retomou o caminho das docas para verificar se corria tudo bem no descarregamento de um cargueiro. Aproximou-se de uma primeira pilha de paletas e um detalhe lhe chamou a atenção: Zofia se ajoelhou para verificar a etiqueta sanitária que garantia o respeito à conservação no frio. Ela estava preta. Zofia pegou imediatamente o *walkie-talkie* e apertou o canal 5. O escritório da vigilância sanitária não respondeu ao chamado. O caminhão refrigerado que aguardava no fim do tramo não tardaria a entregar a mercadoria imprópria para consumo nos inúmeros restaurantes da cidade. Precisava encontrar uma solução o mais rápido possível. Ela girou o ponteiro para o canal 3.

— Manca, é Zofia, onde você está?

O rádio chiou.

— Na vigia — disse Manca —, e o tempo está muito bonito se tem alguma dúvida sobre esse aspecto! Quase posso ver a costa chinesa!

— O *Vasco da Gama* está descarregando, pode vir até aqui bem rápido?

— Algum problema?

— Prefiro falar com você *in loco* — respondeu ela, desligando.

Zofia ficou esperando por Manca embaixo de um guindaste que baldeava as paletas do navio para a terra. Ele chegou alguns minutos depois, ao volante de um Fenwick.

— E então, o que posso fazer por você? — perguntou Manca.

— Na ponta desse guindaste há dez paletas de camarões impróprios para o consumo.

— E daí?

— Como pode constatar, a vigilância sanitária não está funcionando e não consigo encontrá-los.

— Eu tenho dois cachorros e um hamster em casa, e, no entanto, não sou veterinário. O que você sabe sobre crustáceos?

Zofia lhe mostrou a etiqueta comprovadora.

— Os camarões não têm segredos para mim! Se não tomarmos providências, não será nada bom ir a um restaurante da cidade hoje à noite...

— Está bem, mas o que quer que eu faça, fora comer um bife em casa?

— ... nem as crianças comerem na cantina amanhã!

A frase não era inocente, Manca não suportava que tocassem num fio de cabelo de uma criança, elas eram sagradas para ele. Ele olhou para Zofia por alguns instantes, coçando o queixo.

— Bom, concordo! — disse Manca, pegando o transmissor de Zofia.

Ele mudou a freqüência para contatar o manobrista do guindaste.

— Samy, saia daí!

— É você, Manca? Estou com trezentos quilos na ponta, isso pode esperar?

— Não!

A lança do guindaste girou lentamente, levando a carga num lento balanço. Ela se imobilizou verticalmente à água.

— Ótimo! — disse Manca no microfone. — Agora vou passar a oficial responsável pela segurança que acabou de localizar uma enorme falha na sua estiva. Ela vai mandar que solte tudo imediatamente para que você não corra nenhum risco pessoal, e tem de obedecê-la na mesma velocidade, porque faz parte do trabalho dela fazer essas coisas!

Ele entregou o aparelho a Zofia com um enorme sorriso. Zofia hesitou e tossiu antes de transmitir a ordem. Ouviu-se um ruído seco e o gancho se soltou. As paletas de crustáceos mergulharam nas águas do porto. Manca subiu no Fenwick. Ao dar a partida, esqueceu que havia engatado a marcha a ré e derrubou as caixas que já estavam em terra. Manca parou perto de Zofia.

— Se os peixes ficarem doentes hoje à noite, o problema é seu, não quero nem ouvir falar disso! Nem de papéis do seguro!

E o trator saiu sem fazer barulho no asfalto.

A tarde chegava ao fim. Zofia atravessou a cidade, a padaria que fazia os maçapães preferidos de Matilde ficava no extremo norte de Richmond, na 45th Street. Ela aproveitou para fazer algumas compras.

Zofia chegou em casa uma hora depois, com os braços carregados, e subiu até o primeiro andar. Empurrou a porta com o pé, mal olhou em frente e foi direto para trás do balcão da cozinha. Ela soltou um suspiro ao colocar os pacotes marrons no móvel de madeira e ergueu a cabeça: Reine e Matilde olhavam para ela com um ar pra lá de estranho.

— Posso saber do que estão rindo? — perguntou Zofia.

— Não estamos rindo! — afirmou Matilde.

— Ainda não... Mas, pela cara de vocês, aposto que não vai demorar.

— Você recebeu flores! — sussurrou Reine entre os lábios cerrados.

Zofia encarou uma de cada vez.

— Reine pôs as flores no banheiro! — acrescentou Matilde, controlando o riso.

— Por que no banheiro? — perguntou Zofia, desconfiada.

— Por causa da umidade, suponho! — replicou Matilde, bem-humorada.

Zofia abriu a cortina do chuveiro e ouviu Reine acrescentar:

— Esse tipo de vegetal precisa de muita água!

O silêncio reinou nos dois cômodos. Quando Zofia perguntou quem tivera a delicadeza de lhe enviar um nenúfar, a gargalhada de Reine explodiu na sala, seguida da de Matilde. Reine conseguiu se controlar o suficiente para acrescentar que havia um cartão na beirada da pia. Cismada, Zofia abriu o envelope.

Para meu grande desgosto, um contratempo profissional me obriga a adiar o nosso jantar. Para me desculpar, podemos nos encontrar às 19h30, no bar do Hyatt Embarcadero, onde tomaremos um aperitivo. Não deixe de comparecer, sua companhia me é indispensável.

O pequeno cartão de visitas em linguagem telegráfica tinha a assinatura de Lucas. Zofia amassou-o e jogou-o na cesta de lixo. Depois voltou para a sala.

— Então, de quem era? — perguntou Matilde, enxugando o rosto.

Zofia foi até o armário e abriu-o com força. Enfiou um cardigã, apanhou as chaves no console da entrada e se virou antes de sair para dizer a Reine e Matilde que estava feliz por elas se darem bem. No balcão, encontrariam algo para comer no jantar. Ela ia trabalhar e voltaria tarde. Fez uma reverência forçada e desapareceu. Matilde e Reine ouviram um "boa-noite" glacial do vão da escada antes de a porta da entrada bater. O ruído do motor do Ford dissipou-se alguns segundos depois. Matilde olhou para Reine sem disfarçar um largo sorriso de canto a canto dos lábios.

— Acha que ela ficou chateada?
— Você já recebeu algum nenúfar?

Reine enxugou o canto do olho.

Zofia guiava enfurecida. Ela ligou o rádio e resmungou.
— Então, ele me vê como uma perereca!

No cruzamento da Terceira Avenida ela deu uma virada enraivecida no volante, tocando inesperadamente a buzina. Na frente do carro, um pedestre mostrou, com um gesto pouco elegante, que o sinal ainda estava vermelho. Zofia pôs a cabeça para fora da janela e gritou:

— Sinto muito, os batráquios são daltônicos!

Ela dirigiu em alta velocidade em direção ao cais.

— Um desagradável contratempo, blablablá, mas quem ele pensa que é?

Quando Zofia chegou ao cais 80, o guarda saiu da guarita. Ele tinha um recado de Manca, que queria vê-la com urgência. Ela olhou o relógio e foi para o escritório do contramestre. Assim que entrou, ela viu pela cara de Manca que havia ocorrido um acidente: ele confirmou que um fiel do porão chamado Gomez havia caído. Uma escada defeituosa, provavelmente, era a causa da queda. A carga a granel do fundo do porão amorteceu um pouco o choque, o homem havia sido levado para o hospital num estado deplorável. As possíveis causas provocaram a fúria dos colegas. Zofia não estava de serviço no momento da tragédia, mas não se sentia menos responsável por ela. Depois do acidente, a tensão só havia aumentado e boatos de greve já circulavam entre os cais 96 e 80. Para acalmar os humores, Manca prometeu mandar arrestar o navio no cais. Se a investigação confirmasse as suspeitas, o sindicato pediria uma indenização e processaria o armador. Enquanto isso, para debater a legitimidade de uma greve, Manca convidara os três chefes de seção da União dos Estivadores para jantar naquela mesma noite. Com um ar sério, Manca rabiscou as coordenadas do restaurante num pequeno pedaço de papel, que ele arrancou do bloco de anotações.

— Seria bom se você se juntasse a nós; fiz uma reserva para as nove horas.

Ele entregou a folha de papel para Zofia, e ela se despediu.

O vento frio que soprava no cais açoitava o seu rosto. Ela encheu os pulmões com um ar gelado e expirou lentamente. Uma gaivota pousou numa corda de amarração que rangia ao esticar. A ave inclinou a cabeça e olhou fixo para Zofia.

— É você, Gabriel? — disse ela com uma voz tímida.

A gaivota saiu voando e soltou um grito bem alto.

— Não, não é você...

Andando à beira da água, ela teve uma sensação desconhecida, como se um véu de tristeza viesse misturar-se aos respingos do mar.

— As coisas não vão bem?

A voz de Jules assustou-a.

— Não ouvi você chegar.

— Mas eu ouvi você — disse o velho homem aproximando-se dela. — O que faz por aqui a esta hora? Você não está mais de serviço!

— Vim meditar sobre um dia em que tudo deu errado.

— Vamos, não se fie nas aparências; você sabe que, em geral, elas são enganosas.

Zofia deu de ombros e se sentou no primeiro degrau da escada de pedra que descia até a água. Jules se instalou ao lado dela.

— Sua perna está doendo? — perguntou ela.

— Faça o favor de não se preocupar com a minha perna! Então, o que está errado?

— Acho que estou cansada.

— Você nunca fica cansada... pode falar!

— Não sei o que tenho, Jules... eu me sinto um pouco desanimada...

— Só faltava essa!

— Por que diz isso?

— Por nada, à toa! De onde vem esse ataque de melancolia?

— Não sei.

— A gente nunca vê o pequeno escaravelho da tristeza chegar, ele está ali e, depois, num dia de manhã, ele vai embora não se sabe como.

Ele tentou se levantar, ela lhe deu a mão para servir de apoio. Jules fez uma careta ao se levantar.

— São sete e quinze... acho que deve ir embora.

— Por que diz isso?

— Pare de fazer a mesma pergunta! Digamos que já está tarde. Boa-noite, Zofia.

Ele andou sem mancar. Antes de entrar debaixo do seu arco, ele se virou e perguntou:

— Sua melancolia é loura ou morena?

Jules desapareceu na penumbra, deixando Zofia sozinha no estacionamento.

A primeira volta que ela deu na chave, deixou-a sem esperanças: os faróis do Ford mal iluminavam a proa do navio. O motor de arranque fez mais ou menos o mesmo som de um purê de batatas que se espreme na mão. Ela saiu do carro batendo violentamente a porta e foi andando até a guarita.

— Merda! — disse ela, levantando a gola.

Quinze minutos depois, um táxi a deixou embaixo do Embarcadero Center. Zofia correu nas escadas rolantes que davam no grande átrio do complexo hoteleiro. Dali, ela pegou o elevador que subia direto ao último andar.

O bar panorâmico girava lentamente sobre um eixo. Em meia hora seria possível admirar a ilha de Alcatraz a leste, a Bay Bridge ao sul, os arrabaldes financeiros e seus arranha-céus magistrais a oeste. O olhar de Zofia também poderia alcançar a majestosa Golden Gate que ligava as terras verdejantes do Presidio às falésias atapetadas de hortelã que dominavam Sausalito... desde que estivesse sentada de frente para a janela, mas Lucas havia sentado no melhor lugar...

Ele fechou o cardápio de coquetéis e chamou o garçom com um estalar dos dedos. Zofia abaixou a cabeça. Lucas cuspiu na mão o caroço de azeitona que ele lustrava meticulosamente com a língua.

— Os preços são absurdos aqui, mas preciso reconhecer que a vista é excepcional — disse ele, devorando mais uma azeitona.

— É, tem razão, a vista é bem bonita — disse Zofia. — Acho até que posso ver um pedacinho da Golden Gate na pequena faixa de espelho que está na minha frente. A menos que seja o reflexo da porta dos toaletes, ela também é vermelha.

Lucas pôs a língua para fora e envesgou os olhos, tentando ver o outro lado. Pegou o caroço polido, deixou-o na cesta de pães e concluiu:

— De qualquer modo já é noite, não é?

Com as mãos trêmulas, o garçom pôs na mesa um dry martini, dois coquetéis de camarão e se afastou apressado.

— Não acha que ele está um pouco tenso? — perguntou Zofia.

Lucas havia esperado aquela mesa por dez minutos e brigara com o garçom.

— Pode acreditar, diante dos preços podemos ser exigentes!

— Com certeza você tem um cartão de crédito dourado! — disse Zofia, sem pestanejar.

— É claro! Como você sabia? — perguntou Lucas, tão surpreso quanto feliz.

— Em geral eles deixam a pessoa arrogante... Pode acreditar, as contas não são proporcionais aos salários dos garçons.

— É um ponto de vista — salientou Lucas, mascando a enésima azeitona.

A partir de então, cada vez que pedia amêndoas... mais um copo... um guardanapo limpo... ele se esforçava para dizer alguns obrigados contidos que, na verdade, pareciam queimar-lhe a garganta. Zofia perguntou o que havia de errado com ele. Lucas estourou numa risada estrondosa. Tudo ia da melhor maneira possível no melhor dos mundos e ele estava muito feliz por encontrá-la. Dezessete azeitonas depois, ele pagou a conta, sem deixar gorjeta. Ao sair do prédio, Zofia introduziu discretamente uma nota de cinco dólares na mão do manobrista que foi buscar o carro de Lucas.

— Quer que eu a leve? — disse ele.

— Não, obrigada, vou pegar um táxi.

Num ato de generosidade, Lucas abriu a porta do carro do lado do passageiro.

— Suba, eu a levo!

O conversível andava em alta velocidade. Lucas fez o motor roncar e inseriu um CD no CD player do console do carro. Com um amplo sorriso nos lábios, ele pegou um cartão de crédito Platinum do bolso e agitou-o entre o polegar o indicador.

— Precisa reconhecer que eles não têm só defeitos!

Sofia olhou para ele por alguns segundos. Com a velocidade de um raio, tirou o pedaço de plástico dourado das mãos dele e jogou-o pela janela.

— E dizem que podem ser substituídos em vinte e quatro horas! — disse ela.

O carro freou de repente, rangendo os pneus, Lucas deu uma gargalhada.

— O humor é irresistível numa mulher!

Quando o carro parou ao lado de um ponto de táxis, Zofia deu uma volta na chave do contato para cortar o barulho ensurdecedor do motor. Ela desceu e fechou delicadamente a porta.

— Tem certeza de que não quer que eu a leve para casa? — perguntou Lucas.

— Obrigada, mas tenho um encontro. Em compensação, vou pedir-lhe um pequeno favor.

— O que quiser!

Zofia se debruçou na janela de Lucas.

— Poderia esperar que eu virasse a esquina antes de ligar o seu *supercortador* de grama?

Ela deu um passo para trás, ele a agarrou pelo braço.

— Passei uns momentos divinos — disse Lucas.

Ele pediu que ela aceitasse combinar uma nova data para o jantar desmarcado. Os primeiros momentos de um encontro eram sempre difíceis, penosos, porque ele era tímido. Ela precisava dar aos dois uma oportunidade de se conhecerem melhor. Zofia ficou perplexa quanto à definição dele de timidez.

— Não se pode julgar as pessoas por uma primeira impressão, não é?

Havia um tantinho de charme no tom de voz que ele usara... Ela aceitou combinar um jantar e nada mais! Em seguida, virou as costas e caminhou na direção do primeiro táxi do ponto. O V12 de Lucas saiu roncando atrás dela.

*
* *

O táxi parou no meio-fio. Os sinos da Grace Cathedral soaram pela nona vez. Zofia entrou no Simbad exatamente na hora marcada. Fechou o cardápio, entregou-o à garçonete e bebeu um gole d'água, decidida a ir direto ao âmago da questão que a levara àquela mesa. Precisaria convencer os chefes do sindicato a impedirem o movimento de protesto no porto.

— Mesmo que o apóiem, os estivadores não vão agüentar mais do que uma semana sem salário. Se a atividade for interrompida, a única coisa que os cargueiros farão é atracar do outro lado da baía. Vocês vão matar as docas — disse ela com voz firme.

A atividade comercial sofria uma enorme concorrência de Oakland, o porto vizinho rival. Um novo bloqueio podia gerar o afastamento das empresas de frete. O apetite dos incorporadores, que cobiçavam, havia dez anos, os mais belos terrenos da cidade, já estava suficientemente aguçado para que, ainda por cima, se brincasse de Chapeuzinho Vermelho, levando perfumes de greve no cesto.

— Isso aconteceu em Nova York e em Baltimore, e pode acontecer aqui — continuou ela, convicta da causa que defendia.

E se o porto fechasse as suas portas, as conseqüências não seriam desastrosas apenas para os estivadores. Rapidamente o fluxo incessante de caminhões que atravessaria cotidianamente as pontes acabaria dificultando o acesso à península. As pessoas teriam de sair de casa mais cedo para irem ao trabalho e voltariam para casa ainda mais tarde. Não seria preciso nem seis meses para que muitas delas resolvessem migrar mais para o sul.

— Não acha que está fazendo tempestade em copo d'água? — perguntou um dos homens. — Trata-se apenas de renegociar o valor do seguro de acidentes de trabalho! Além do mais, acho que os nossos colegas de Oakland serão solidários.

— Isso é o que chamamos de teoria do bater de asas da borboleta — insistiu Zofia, rasgando um pedaço do guardanapo de papel.

— O que tem a borboleta a ver com isso? — perguntou Manca.

O homem de terno preto que jantava atrás deles se virou para intervir na conversa. O sangue de Zofia gelou nas veias quando reconheceu Lucas.

— É um princípio de geofísica, que diz que o movimento das asas de uma borboleta na Ásia cria um deslocamento de ar que, de repercussão em repercussão, pode se transformar num ciclone e devastar a costa da Flórida.

Os representantes sindicais olharam uns para os outros tão silenciosos quanto desconfiados. Manca molhou um naco de pão na maionese e fungou antes de exclamar:

— Mesmo que fizéssemos o papel de babacas no Vietnã, deveríamos ter aproveitado para sulfatar as lagartas, ao menos não teríamos ido lá à toa!

Lucas cumprimentou Zofia e se virou para a jornalista que o entrevistava na mesa vizinha. O rosto de Zofia estava vermelho como um pimentão. Um dos representantes do sindicato perguntou se era alérgica aos crustáceos pois não havia tocado no prato. Sentia-se ligeiramente nauseada, ela se justificou, e perguntou se ele queria dividir o prato com ela. Suplicou que refletissem antes de cometer um erro irreparável, e depois se desculpou: realmente não se sentia muito bem.

Todos se levantaram quando ela saiu da mesa. Ao passar, Zofia se debruçou em cima da moça e olhou-a fixamente. Surpresa, a jovem fez um movimento de recuo e quase caiu para trás. Zofia lhe dirigiu um sorriso forçado.

— Você deve agradá-lo muito para estar de frente para a vista! É evidente, você é loura! Desejo uma boa noitada... profissional... aos dois!

Ela se dirigiu num passo decidido para o toalete, Lucas foi atrás dela, segurou-a pelo braço e obrigou-a a se virar.

— O que deu em você?

— Profissional não é lá muito agradável, não? E quer saber de uma coisa? Não achava que também significasse prazer! Mas com um pouco de boa vontade sempre se dá um jeito, né?

— Ela é uma jornalista!

— É, eu também sou jornalista: aos domingos, copio o meu bloco de anotações no meu diário íntimo.

— Mas Amy é uma jornalista de verdade!

— E o governo parece muito ocupado no momento em se comunicar com Amy!

— Perfeitamente, e não fale tão alto, vai ferrar com a minha reportagem!

— A da revista dela, suponho! Então, lhe ofereça uma sobremesa, vi uma por menos de seis dólares no cardápio!

— A reportagem sobre a minha missão, droga!

— Essa é realmente uma boa notícia! Daqui a alguns anos, quando eu for avó, vou poder contar aos meus netos que, uma noite, tomei um aperitivo com James Bond! Quando se aposentar, você vai poder revelar o segredo de Estado?

— Já chega! Você também não estava jantando com três amigas do colégio, pelo que eu vi!

— Encantador, decididamente você é encantador, Lucas, veja só, sua convidada também é — disse Zofia. — Ela mantém a cabeça deliciosamente erguida em cima de um belo pescoço de passarinho. A felizarda: em quarenta e oito horas vai receber uma sublime gaiola de vime trançado!

— Isso é uma indireta! Não gostou do meu nenúfar?

— Ao contrário! Eu me senti lisonjeada por você não ter mandado entregar o tanque com a escadinha junto! Vá embora, ela parece aborrecida! É terrível para uma mulher se aborrecer na mesa de um homem, palavra de honra, estou falando com conhecimento de causa.

Zofia foi embora e a porta do restaurante se fechou atrás dela. Lucas deu de ombros, olhou rapidamente para a mesa de onde Zofia havia saído e foi sentar-se ao lado da sua convidada.

— Quem era ela? — perguntou a jornalista, impaciente.

— Uma amiga.

— Sei que eu me meto no que não é da minha conta, mas ela parecia tudo, menos isso.

— De fato, você se mete no que não é da sua conta!

Durante todo o jantar Lucas não parou de exaltar os méritos do seu patrão. Ele explicou que, ao contrário do que se dizia, era a Ed Heurt que a companhia devia o enorme progresso. Uma fidelidade excessiva para com o sócio e a sua lendária modéstia levaram o vice-presidente a se satisfazer com o título de número dois, porque, para Ed Heurt, o que contava era a causa em si. No entanto, a verdadeira cabeça pensante do binômio era ele, e só ele! A jornalista martelava com muita rapidez o teclado do *laptop*. Hipocritamente, Lucas pediu que não incluísse no artigo certas opiniões que dera muito confidencialmente só porque ela possuía uns olhos azuis irresistíveis. Ele se inclinou para lhe servir um copo de vinho, ela pediu que ele contasse outros segredos de alcova, por razões puramente amigáveis, bem entendido. Ele caiu na gargalhada e acrescentou que não estava embriagado o suficiente para isso. Puxando a alça da regata de seda para a beirada do ombro, Amy perguntou o que lhe poderia provocar embriaguez.

*
* *

Zofia subiu pé ante pé os degraus da entrada. Era tarde, mas a porta de Reine ainda estava entreaberta, Zofia a empurrou devagar com o dedo. Não havia nenhum álbum no tapete, nenhuma vasilha com bolo, Miss Sheridan esperava por ela sentada na sua poltrona. Zofia entrou.

— Você gosta desse rapaz, não é?

— De quem?

— Não banque a idiota, o do nenúfar, o sujeito com quem você saiu hoje à noite!

— Só tomamos um drinque. Por quê?

— Porque ele não me agrada, eis o porquê!

— Fique tranqüila, a mim também não. Ele é insuportável.

— Foi isso mesmo o que eu disse, você gosta dele!

— Nada disso! Ele é vulgar, convencido e pretensioso.

— Meu Deus! Ela já está apaixonada! — exclamou Reine, erguendo os braços para cima.

— Não estou, verdade! É uma pessoa com problemas e achei que poderia ajudar.

— É ainda pior do que eu pensava! — disse Reine, erguendo novamente os braços.

— Ora, francamente!

— Não fale tão alto, vai acordar Matilde.

— De qualquer modo, é você que vive dizendo que preciso arrumar alguém na vida.

— Isso, querida, é o que todas as mães judias dizem aos filhos... enquanto eles estão solteiros. No dia em que eles levam alguém em casa, elas cantam a mesma música, mas invertem a fala.

— Mas, Reine, você não é judia!

— E daí?

Reine se levantou e tirou a bandejinha do aparador; abriu uma lata e pôs três pedaços de uma espécie de bolo seco na vasilha prateada. Mandou que Zofia comesse pelo menos um, e sem discutir, pois Reine já havia sofrido o suficiente, esperando por ela a noite toda!

— Sente-se e conte-me tudo! — disse Reine, afundando na sua poltrona.

Ela escutou o que Zofia dizia sem interromper, procurando compreender as intenções do homem que havia cruzado o caminho dela por diversas vezes. Reine lançou um olhar inquiridor para Zofia e só quebrou o silêncio que se havia imposto para pedir um pedaço do bolo. Em geral, ela só o comia depois das refeições, mas as circunstâncias justificavam que ingerisse o açúcar que é assimilado rapidamente.

— Descreva-o mais uma vez — pediu Reine depois de morder um pedaço do bolo.

Zofia se divertia com o comportamento da sua locatária. Diante da hora tardia, poderia pôr um fim na conversa e se retirar, mas o pretexto era perfeito para saborear esses instantes preciosos nos quais o carinho de uma voz é mais envolvente do que o da mão. Ao responder o mais sinceramente possível à interlocutora, ela se surpreendeu por não poder atribuir nenhuma qualidade, por menor que fosse, àquele com quem saíra à noite, exceto, talvez, um modo de pensar onde a lógica parecia reinar absoluta.

Reine deu uns tapinhas afetuosos no joelho de Zofia.

— Esse encontro não foi um fruto do acaso! Você está em perigo e nem sabe disso!

A velha senhora se deu conta de que Zofia não havia compreendido a intenção dela e afundou na poltrona.

— Ele já está nas suas veias, e irá até o seu coração. Ele vai colher as emoções que você cultivou ali com tantas precauções. Depois vai alimentá-la com esperanças. A conquista amorosa é a mais egoísta das cruzadas.

— Reine, acho realmente que você está enganada!

— Não, é você que, em breve, vai ser enganada. Sei que você me acha uma velha caduca, mas vai ver o que eu digo. Todos os dias, todas as horas, você vai querer ter certeza da sua resistência, do seu modo de agir, das suas esquivas, mas o desejo da presença dele será bem mais forte do que uma droga. Então, não engane a si mesma, é tudo o que eu lhe peço. Ele vai invadir a sua cabeça e nada mais poderá substituir a falta dele. Nem a razão, nem mesmo o tempo, que será o seu pior inimigo. Só pensará em encontrá-lo, tal como você o imagina, e é isso que fará você vencer o mais terrível dos medos: o abandono... dele, de você mesma. É a mais delicada das escolhas que a vida nos impõe.

— Por que me diz tudo isso, Reine?

Reine contemplou a lombada de um de seus álbuns na estante. Algumas linhas de saudade se inscreveram nos olhos dela.

— Porque estou velha! Por isso não faça nada, ou faça tudo! Nada de trapaças, nada de falsas aparências e, sobretudo, nada de acordos!

Zofia entrelaçava as franjas do tapete nos dedos. Reine lhe dirigiu um olhar de ternura e lhe acariciou o cabelo.

— Ora, não faça essa cara! Dizem que, de vez em quando, as histórias de amor acabam bem! Vamos, chega de palavras banais, nem tenho coragem de olhar o relógio.

Zofia fechou a porta bem devagar e subiu para o seu apartamento. Matilde dormia o sono dos anjos.

*
* *

As duas margueritas se entrechocaram num tilintar de cristal. Sentado comodamente no sofá da sua suíte, Lucas se vangloriou de preparar esse coquetel melhor do que ninguém. Amy levou o copo aos lábios e concordou com os olhos. Com uma voz terrivelmente doce, ele revelou ter ciúmes dos grãos de sal que mergulhavam naquela boca. Ela estalou os grãos nos dentes e brincou com a língua, a de Lucas deslizou sobre os lábios de Amy antes de se aventurar a ir mais fundo, bem mais fundo.

*
* *

Zofia não acendeu a luz. Atravessou o aposento na penumbra para ir até a janela, que ela abriu suavemente. Sentou-se no parapeito e ficou olhando o mar que beirava a costa. Encheu os pulmões com a maresia que a brisa do oceano soprava sobre a cidade e olhou para o céu, sonhadora. Não havia estrelas no céu.

... Houve tarde e houve manhã...

3

Terceiro Dia

Ele quis puxar para si a colcha, mas a sua mão procurou-a em vão. Lucas abriu um olho e esfregou a barba crescida. Sentiu o próprio hálito e disse a si mesmo que cigarro e álcool não combinavam. O mostrador do radiorrelógio indicava seis horas e vinte e um minutos. Ao lado dele, o travesseiro, afundado, estava vazio. Ele se levantou e se dirigiu para a pequena sala, nu em pêlo. Amy, enrolada na colcha, mordia uma maçã vermelha tirada da cesta de frutas.

— Acordei você? — perguntou ela.

— Indiretamente, sim! Tem café neste lugar?

— Tomei a liberdade de encomendar ao *Room Service;* vou tomar um banho e depois vou embora.

— Se não for muito incômodo — respondeu Lucas —, preferia que tomasse banho na sua casa, estou muito atrasado!

Amy ficou perplexa. Dirigiu-se imediatamente para o quarto e pegou as suas coisas espalhadas. Vestiu-se apressadamente, pegou os escarpins e seguiu pelo corredor até a porta que dava para o *hall*. Lucas pôs a cabeça para fora do banheiro.

— Não vai mais tomar café?

— Não, também vou tomar na minha casa. Obrigada pela maçã!

— De nada, quer outra?

— Não, uma está mais do que bom, foi ótimo; bom dia.

Ela tirou a corrente de segurança e virou a maçaneta. Lucas se aproximou.

— Posso fazer uma pergunta?

— Fale!

— Quais são as suas flores preferidas?

— Lucas, você tem muito gosto, mas sobretudo o mau! As suas mãos são muito hábeis, realmente passei uma noite infernal com você, mas vamos parar por aqui!

Ao sair, ela deu de cara com o garçom do serviço de quarto, que trazia a bandeja do café da manhã. Lucas olhou para Amy.

— Tem certeza de que não quer o café, agora que ele chegou?

— Absoluta!

— Seja boazinha, responda sobre as flores!

Amy inspirou profundamente, visivelmente exasperada.

— Não se pergunta essas coisas à presenteada, acaba com o encanto, não sabe disso na sua idade?

— É evidente que sei — respondeu Lucas com uma voz de menino amuado —, mas não será você a presenteada!

Amy foi embora e por pouco não deu de encontro com o garçom que ainda esperava na porta da suíte. Os dois homens, imóveis, ouviram a voz de Amy gritar do fundo do corredor:

"Um cacto, e você pode sentar em cima!" Em silêncio, eles a seguiram com o olhar. Ouviram um rápido sinal sonoro: o elevador havia chegado. Antes de as portas se fecharem, Amy acrescentou: "Um último detalhe, Lucas, você está completamente nu!"

*
* *

— Você não fechou os olhos a noite toda!
— Durmo muito pouco...
— Zofia, o que a está preocupando?
— Nada!
— Uma amiga sabe escutar o que a outra não diz.
— Estou com muito trabalho, Matilde, nem sei por onde começar. Tenho medo de ficar sobrecarregada e de não corresponder ao que esperam de mim.
— É a primeira vez que vejo você ficar em dúvida.
— Bom, acho que nos estamos tornando verdadeiras amigas.

Zofia se dirigiu para a cozinha. Foi para trás do balcão e encheu a chaleira elétrica. Da cama instalada na sala, Matilde podia ver o amanhecer na baía, sob uma ligeira garoa do alvorecer. Nuvens tristes deixavam o céu opaco.

— Odeio outubro — disse Matilde.
— O que ele fez para você?
— É o mês que enterra o verão. Tudo é mesquinho no outono: os dias ficam mais curtos, o sol nunca comparece, o frio demora a vir, olhamos para os pulôveres sem ainda podermos

usá-los. O outono é uma porcaria de estação preguiçosa, só tem umidade, chuva e mais chuva.

— Achei que havia sido eu quem havia dormido mal.

A chaleira começou a tremelicar. Um clique interrompeu a fervura da água. Zofia tirou a tampa de uma lata, pegou um saquinho de Earl Grey, derramou o líquido fumegante numa xícara e deixou o chá na infusão. Preparou o café da manhã de Matilde numa bandeja, catou o jornal que Reine havia enfiado por baixo da porta, como todas as manhãs, e levou para ela. Ajudou a amiga a se erguer, colocou os travesseiros no lugar e foi para o quarto. Matilde levantou a janela de guilhotina. A umidade da nova estação se infiltrou até a sua perna, provocando uma dor lancinante, ela fez uma careta.

— Vi o homem do nenúfar ontem à noite! — gritou Zofia do banheiro.

— Vocês não se largam mais! — replicou Matilde, também aos gritos.

— Olhe como fala! Ele estava jantando no mesmo restaurante que eu.

— Com quem?

— Uma loura.

— De que tipo?

— Loura!

— E o que mais?

— Do tipo corra atrás de mim não será difícil me pegar, estou de saltos altos!

— Vocês se falaram?

— Ligeiramente. Ele gaguejou, dizendo que ela era jornalista e que ele estava dando uma entrevista.

Zofia entrou no chuveiro. Girou as velhas torneiras, que rangeram, e deu uma batida no chuveiro, que tossiu duas vezes: a água escorreu sobre o seu corpo e o seu rosto. Matilde abriu o *San Francisco Chronicle*, uma foto lhe chamou a atenção.

— Ele não mentiu! — gritou ela.

Zofia, que lavava o cabelo com xampu em abundância, abriu os olhos. Com as costas da mão, tentou tirar o sabão que ardia e provocou o efeito contrário.

— Só que ela é mais para morena... — exagerou Matilde — ... e nada mal!

O barulho do chuveiro parou; Zofia apareceu em seguida na sala. Estava com uma toalha de banho enrolada na cintura e o cabelo cheio de espuma.

— Do que está você está falando?

Matilde contemplou a amiga.

— São perfeitos! — disse Matilde, se referindo aos seios de Zofia.

— Independentemente do adjetivo, todo "são" ou "santo" precisa ser perfeito, senão não seria "são" nem "santo"!

— É isso que eu tento dizer aos meus todas as manhãs na frente do espelho.

— Do que exatamente está falando, Matilde?

— Dos seus melões! Adoraria que os meus fossem tão altivos.

Zofia escondeu os peitos com os braços.

— Do que estava falando, antes?

— Provavelmente do que fez você sair do chuveiro sem tirar o sabão! — disse ela agitando o jornal.

— Como o artigo já pode ter sido publicado?

— Aparelhos digitais e Internet! Você dá uma entrevista e algumas horas depois você está na primeira página do jornal que, no dia seguinte, é usado para embrulhar o peixe!

Zofia quis tirar o jornal da mão de Matilde.

— Não toque nele! Você está encharcada.

Matilde começou a ler em voz alta as primeiras linhas do artigo que dava o título a duas colunas "A VERDADEIRA ASCENSÃO DO GRUPO A&H": um verdadeiro panegírico a Ed Heurt, no qual a jornalista incensava em trinta linhas a carreira daquele que, incontestavelmente, havia contribuído para o fantástico desenvolvimento econômico da região. O texto concluía dizendo que a pequena sociedade dos anos 1950, que se tornara um grupo gigantesco, repousava inteiramente nos ombros dele.

Zofia acabou conseguindo pegar a folha e terminou a leitura da crônica precedida de uma pequena foto em cores. Ela estava assinada por Amy Steven. Zofia dobrou o jornal e não pôde reprimir um sorriso.

— Ela é loura! — disse.

— Vocês vão se encontrar de novo?

— Aceitei um convite para um almoço.

— Quando?

— Na terça-feira.

— Terça? A que horas?

Lucas devia passar para buscá-la ao meio-dia, respondeu Zofia. Matilde apontou a porta do banheiro, meneando a cabeça.

— Então daqui a duas horas!

— Hoje é terça-feira? — perguntou Zofia, catando apressada as suas coisas.

— É o que está escrito no jornal!

Zofia saiu do quarto de vestir alguns minutos depois. Usava uma calça jeans e um pulôver de malhas grossas e apresentou-se diante da amiga buscando, inconfessadamente, um eventual elogio. Matilde olhou para ela e voltou a mergulhar na leitura.

— O que não está bom? As cores não combinam? É o jeans, né? — perguntou Zofia.

— Depois que você enxaguar o cabelo, falamos sobre isso — disse Matilde, folheando as páginas dos programas de televisão.

Zofia se olhou no espelho em cima da lareira. Tirou o suéter e voltou, de ombros caídos, para o banheiro.

— É a primeira vez que vejo você se preocupar com a maneira de se vestir... Tente me dizer que não gosta dele, que ele não é o seu tipo de homem, que ele é muito "sério"... só para eu ver como vai se expressar! — acrescentou Matilde.

Uma batida discreta na porta precedeu a entrada de Reine. Ela carregava uma cesta de legumes frescos e uma caixa de papelão, com uma bela fita que traía o conteúdo gastronômico.

— Parece que, hoje, o tempo não se decide como se apresentar — disse ela, arrumando o bolo num prato.

— Parece que ele não é o único — replicou Matilde.

Reine se virou quando Zofia saiu do banheiro, com os cabelos volumosos desta vez. Ela terminou de abotoar a calça e amarrar os cordões dos tênis.

— Vai sair? — perguntou Reine.

— Tenho um almoço — respondeu Zofia, dando um beijo no rosto dela.

— Vou fazer companhia à Matilde. Se ela me aceitar! Aliás, mesmo que não aceite e fique aborrecida, pois eu me aborreço mais do que ela, sozinha, lá embaixo.

Uma série de buzinadas ressoou na rua. Matilde se debruçou na janela.

— Hoje é mesmo terça-feira! — disse Matilde.

— É ele? — perguntou Zofia, ficando longe da janela.

— Não, é o Federal Express! Agora, eles entregam as encomendas num Porsche conversível. Depois que recrutaram Tom Hanks, não recuam diante de nada!

A campainha soou duas vezes. Zofia beijou Reine e Matilde, saiu do apartamento e desceu rapidamente a escada.

Instalado ao volante, Lucas ergueu os óculos de sol e lhe dirigiu um generoso sorriso. Mal Zofia havia fechado a porta do carro, o cupê saiu em disparada para conquistar as colinas de Pacific Heights. O carro entrou no Presidio Park, atravessou-o e seguiu pelo acesso que levava à Golden Gate. Do outro lado da baía, as colinas de Tiburon emergiam com dificuldade do nevoeiro.

— Vou levá-la para almoçar à beira-mar! — gritou Lucas ao vento. — Os melhores caranguejos da região! Você gosta de caranguejo, não gosta?

Por educação, Zofia disse que sim. A vantagem de não se alimentar é que se pode escolher sem nenhuma dificuldade o que não se vai comer.

A temperatura estava agradável, o asfalto desfilava num traço contínuo sob as rodas do carro e a música que tocava no rádio era deliciosa. O momento presente se parecia demais, para ser verdade, com um pedaço de felicidade, que só restava partilhar. O carro saiu da autopista por uma pequena estrada, cujos ziguezagues levavam ao porto pesqueiro de Sausalito. Lucas parou no estacionamento de frente para o cais. Deu a volta no veículo e abriu a porta para Zofia.

— Por favor, me acompanhe.

Ele estendeu a mão e ajudou-a a descer do carro. Andaram pela calçada que beirava o mar. Do outro lado da rua, um homem puxava pela coleira um magnífico golden retriever de pelagem cor de areia. Ao passar por eles, o homem olhou para Zofia e foi de cara no poste.

Ela quis atravessar correndo para ajudá-lo, mas Lucas a reteve pelo braço: esse tipo de cachorro era treinado em salvamentos. E arrastou-a para o restaurante. A recepcionista pegou dois cardápios e guiou-os até uma mesa no terraço. Lucas convidou Zofia a se sentar na cadeira de frente para o mar. Ele pediu um vinho branco espumante. Ela pegou um pedaço de pão e jogou-o para uma gaivota, na balaustrada, que a espiava. O pássaro pegou a migalha no vôo e elevou-se no céu, atravessando a baía num grande bater de asas.

A alguns quilômetros dali, na outra margem, Jules percorria o cais a passos largos. Ele se aproximou da beirada e com um pontapé certeiro atirou na água um pedregulho, que ricocheteou sete vezes antes que ele o visse afundar. Jules enfiou as mãos nos bolsos da velha calça de *tweed* e olhou a linha da margem oposta que se recortava na água. Ele parecia tão agitado quanto as ondas, o humor igualmente encapelado. O carro do inspetor Pilguez, que saía do Fisher's Deli e subia para a cidade com a sirene ligada, desviou-o dos seus pensamentos. Uma briga se havia transformado em tumulto em Chinatown e todas as unidades foram chamadas para reforço. Jules franziu os olhos. Resmungou e voltou para baixo do arco. Sentado num caixotinho de madeira, refletiu: alguma coisa o deixava contrariado. Uma folha de jornal que voou com o vento pousou numa poça d'água diante dele. Aos poucos ela foi se encharcando de água, a foto de Lucas no verso apareceu com a transparência. Jules não gostou nada do calafrio que lhe percorreu a espinha.

*
* *

A garçonete pôs na mesa uma caçarola fumegante, transbordando de patas de caranguejos. Lucas serviu Zofia e deu uma olhadela nos enormes guardanapos que acompanhavam a lavanda. Ofereceu um para Zofia, que recusou, e Lucas também se recusou a amarrá-lo em volta do pescoço.

— Devo confessar que o babador não é um acessório muito elegante. Não vai comer? — perguntou ele.

— Acho que não.

— Você é vegetariana!

— A idéia de comer animais sempre me pareceu um pouco estranha.

— É a ordem da vida, não há nada de estranho nisso.

— Um pouco há sim!

— Mas todas as criaturas da Terra comem outras para sobreviver.

— É, mas os caranguejos não me fizeram nada. Sinto muito — disse ela empurrando ligeiramente o prato que, visivelmente, a repugnava.

— Você está enganada, foi a natureza que quis assim. Se as aranhas não se alimentassem dos insetos, seriam os insetos que nos comeriam.

— Certo, justamente por isso, os caranguejos são aranhas grandes; portanto, é preciso deixá-los sossegados!

Lucas se virou e chamou a garçonete. Pediu a carta de sobremesas e delicadamente indicou que haviam terminado.

— Não pare de comer por minha causa — disse Zofia, enrubescida.

— Você me fez aderir à causa dos crustáceos!

Ele abriu o cardápio e indicou com o dedo um *fondant* de chocolate.

— Acho que, nesse caso, só faremos mal a nós mesmos. Uma coisa como essa deve ter umas mil calorias!

Curiosa em testar a autenticidade da sua intuição sobre os Anjos Verificadores, Zofia interrogou Lucas sobre as suas verdadeiras funções e ele evitou responder. Havia outros assuntos mais interessantes que gostaria de conversar com ela e, para começar, o que ela fazia além de cuidar da segurança do porto mercantil? Como ocupava os tempos livres? Mesmo no singular — disse ela — a expressão lhe parecia desconhecida. Fora das horas que passava nas docas, trabalhava em diversas associações, ensinava no instituto dos cegos, ajudava pessoas idosas e crianças hospitalizadas. Gostava da companhia deles, havia entre eles um traço-de-união mágico. Só as crianças e as pessoas idosas viam o que muitos homens ignoravam, o tempo perdido por terem sido adultos. Na opinião dela, as rugas da velhice formavam os mais belos textos, onde as crianças aprenderiam a ler os seus sonhos.

Lucas a olhou fascinado.

— Você faz realmente tudo isso?

— Faço!

— Mas por quê?

Zofia não respondeu. Lucas tomou o último gole de café para recuperar a aparência de autoconfiança, em seguida pediu outro. Demorou para tomá-lo e nem ligava se a bebida esfriasse, nem ligava se o céu cinzento ficasse mais escuro. Queria que a conversa não terminasse, não já, não agora. Propôs a Zofia dar uma volta à beira-mar. Ela apertou a gola do pulôver em volta do pescoço e se levantou. Agradeceu a sobremesa, era a primeira vez que provava chocolate, e achou o sabor incrível. Lucas disse achar que ela estava zombando dele, mas diante da expressão de alegria que a moça lhe dirigiu, viu que ela não mentia. Outra coisa o deixou ainda mais desorientado: naquele exato momento, Lucas leu o indizível no fundo dos olhos de Zofia — ela nunca mentia! Pela primeira vez, ele foi atingido pela dúvida e ficou boquiaberto.

— Lucas, não sei o que eu disse, mas, na falta da aranha, você está correndo um risco enorme!

— Como?

— Se mantiver a boca aberta desse jeito, vai acabar engolindo uma mosca!

— Não está com frio? — disse Lucas se empertigando, reto como um pau.

— Não, tudo bem, mas se começássemos a andar seria ainda melhor.

A praia estava quase deserta. Um enorme alcatraz parecia correr sobre a água, tomando impulso para o vôo. As patas saíram do mar, levando com elas algumas espumas da crista das ondas. Finalmente o pássaro alçou vôo, mudou de rumo lentamente e se afastou, indolente, no raio de luz que atravessava a camada de nuvens. O bater das asas se fundiu com o sussurro da ressaca. Zofia se curvou contra o vento que soprava em rajadas, maltratando a areia. Um ligeiro tremor percorreu o seu corpo. Lucas tirou o casaco e o pôs nos ombros dela. O ar carregado de chuviscos vindos do mar açoitava-lhe as faces. O seu rosto se iluminou com um imenso sorriso, como um último paredão que se devia atravessar para chegar ao riso que tomava conta dela, um riso sem motivo, sem razão aparente.

— Por que está rindo? — perguntou Lucas, intrigado.
— Não tenho a menor idéia.
— Então não pare, isso lhe cai muito bem.
— Cai bem em todo o mundo.

Uma chuva fina começou a cair, esburacando a praia de mil pequenas crateras.

— Olhe — disse ela —, parece a Lua, não acha?
— Parece, um pouco!
— Você ficou triste, de repente.
— Queria que o tempo parasse.

Zofia abaixou os olhos e continuou a andar.

Lucas se virou para andar de frente para ela. Ele continuou a caminhar de marcha a ré, antepondo-se aos passos de Zofia, que se divertia em pôr, meticulosamente, os pés nas pegadas dele.

— Não sei como dizer essas coisas — voltou Lucas a falar com ar infantil.
— Então não diga nada.

O vento jogou o cabelo de Zofia para a frente do rosto, e ela o empurrou para trás. Uma fina mecha ficou presa nos longos cílios.

— Posso? — disse ele, movendo a mão para a frente.
— Engraçado, agora há pouco você parecia tímido.
— Eu nem percebi.

— Então não pare... isso lhe cai muito bem.

Lucas se aproximou de Zofia e a expressão da fisionomia de ambos mudou. Ela sentiu no fundo do peito alguma coisa que antes não possuía: *um ínfimo batimento que ressoava até as têmporas.* Os dedos de Lucas tremiam delicadamente e continham a promessa de uma carícia leve, que ele fez no rosto de Zofia.

— Pronto — disse ele, libertando os olhos dela.

Um relâmpago dilacerou o céu escuro, o trovão ressoou e uma pesada chuva caiu sobre eles.

— Gostaria de ver você novamente — disse Lucas.

— Eu também, um pouco mais no seco talvez, mas eu também — respondeu Zofia.

Ele passou o braço pelos ombros de Zofia e arrastou-a correndo para o restaurante. O terraço de madeira pintada de branco estava vazio. Eles se abrigaram sob o alpendre de telhas de ardósia e olharam juntos a água que escorria pela calha. Na balaustrada, a gaivota esfomeada nem ligava para o aguaceiro e olhava para eles. Zofia inclinou-se e pegou um naco de pão encharcado. Espremeu-o e jogou-o ao longe. A ave voou para o alto-mar, com o bico carregado.

— Como posso revê-la? — perguntou Lucas.

— De que universo você vem?

Ele hesitou.

— De algo como o inferno!

Foi a vez de Zofia hesitar, ela o considerou e sorriu.

— Em geral é isso o que dizem aqueles que viveram em Manhattan, quando chegam aqui.

A chuva se transformara em tempestade, agora era preciso gritar para se fazer ouvir. Zofia pegou a mão de Lucas e disse com uma voz afetuosa:

— Primeiro você me telefona. Pergunta como vou passando e, durante a conversa, propõe um encontro. Aí, eu respondo que tenho muito trabalho, que estou ocupada; então você sugere outra data e eu vou dizer que essa é bem conveniente, porque acabei de cancelar alguma coisa.

Um novo relâmpago riscou o céu agora escuro. Na praia, o vento soprava em rajadas. Parecia o fim do mundo.

— Não acha que poderíamos procurar um abrigo melhor? — perguntou Zofia.

— Como vai? — disse Lucas, como única resposta.

— Bem! Por quê? — respondeu, surpresa.

— Porque queria convidá-la para passar a tarde comigo... mas você não pode, tem de trabalhar, está ocupada. Quem sabe seria mais conveniente um jantar hoje à noite?

Zofia sorriu. Ele abriu o casaco para protegê-la e levou-a assim até o carro. O mar encapelado chegava à calçada deserta. Lucas ajudou Zofia a passar por cima da água. Ele lutou para abrir a porta do carro, que o vento empurrava. O barulho ensurdecedor da tempestade diminuiu assim que entraram no carro, e eles fizeram o caminho de volta debaixo de uma forte chuva. Lucas deixou Zofia em frente a uma oficina, como ela havia pedido. Antes de ir embora, ele consultou o relógio. Ela se debruçou na janela.

— Eu tinha um jantar esta noite, mas vou tentar cancelar, ligarei para o seu celular.

Ele sorriu, deu a partida e Zofia o seguiu com o olhar até que o carro desaparecesse no movimento da Van Ness Avenue.

Ela pagou a recarga da bateria e as despesas do reboque do carro. Quando Zofia entrou na Broadway, a tempestade havia passado. O túnel desembocava diretamente no coração do bairro mais agitado da cidade. Numa faixa de travessia de pedestres, ela notou um batedor de carteiras prestes a atacar a vítima. Estacionando o carro em fila dupla, Zofia saiu do Ford e correu na direção dele.

Ela abordou o homem sem meias palavras e ele recuou um passo. A atitude dela era ameaçadora.

— Péssima idéia — disse Zofia, apontando a mulher com uma pasta que se afastava.

— Você é tira?

— Não tem nada a ver uma coisa com a outra!

— Então dê o fora, cretina!

E ele correu a toda velocidade na direção da presa. Quando estava chegando perto da vítima, torceu o tornozelo e caiu estatelado no chão. A moça, que havia subido no Cablecar*, não percebeu nada. Zofia esperou o homem se levantar para voltar para o carro.

Ao abrir a porta, ela mordeu o lábio inferior, descontente consigo mesma. Alguma coisa havia interferido nas suas intenções. O objetivo fora atingido, mas não como ela queria: chamar o agressor à razão não havia sido suficiente. Ela continuou o caminho e foi para as docas.

*
* *

— Posso estacionar o seu carro, senhor?

---

* O bonde de São Francisco.

Lucas se assustou, levantou a cabeça e olhou fixo para o manobrista que o considerava com um ar estranho.

— Por que me olha desse jeito?

— O senhor está no carro sem se mexer há mais de cinco minutos, então eu achei...

— O que você achou?

— Achei que estava passando mal, sobretudo quando apoiou a cabeça no volante.

— É melhor não achar nada, vai evitar um monte de decepções!

Lucas saiu do cupê e jogou as chaves para o rapaz. Quando as portas do elevador se abriram, ele deu de cara com Elizabeth, que chegou bem perto dele para dar bom-dia. No mesmo instante, Lucas se afastou.

— Já me deu bom-dia hoje de manhã, Elizabeth — disse Lucas, fazendo uma careta.

— Você estava certo quanto aos *escargots*, são deliciosos! Tenha um bom dia!

As portas da cabine se abriram no nono andar e ela desapareceu no corredor.

Ed recebeu Lucas de braços abertos.

— Foi uma bênção tê-lo encontrado, meu caro Lucas!

— Assim é que se fala — disse Lucas, fechando a porta do escritório.

Ele caminhou até o vice-presidente e se instalou numa poltrona. Heurt agitou o *San Francisco Chronicle*.

— Vamos fazer grandes coisas juntos.

— Não tenho dúvidas.

— Você não parece muito bem.

Lucas suspirou. Ed percebeu a exasperação de Lucas. Sacudiu de novo, alegremente, a página do jornal onde estava o artigo de Amy.

— Artigo magnífico! Eu não teria feito melhor.

— Já foi publicado?

— Hoje de manhã! Como ela havia prometido. Essa Amy é deliciosa, não é? Ela deve ter trabalhado a noite toda.

— É, alguma coisa no gênero.

Ed apontou a foto de Lucas.

— Sou um idiota, deveria lhe ter dado uma foto minha antes do encontro. Não faz mal, você também está ótimo.

— Obrigado.

— Tem certeza de que está tudo bem, Lucas?

— Sim, senhor presidente, estou muito bem!

— Não sei se o instinto me está enganando, mas você parece estranho.

Ed tirou a tampa da garrafa de cristal, serviu um copo d'água para Lucas e acrescentou com um ar falsamente compadecido:

— Se tiver problemas, mesmo de ordem pessoal, pode contar comigo. Somos uma grande companhia, mas, antes de tudo, uma grande família!

— Queria ver-me, senhor presidente?

— Chame-me de Ed!

Em êxtase, Heurt comentou o jantar da véspera que transcorrera acima de todas as expectativas. Ele havia comunicado aos seus colaboradores que tencionava fundar no grupo um novo departamento, que batizaria de Divisão de Inovações. O objetivo dessa nova unidade era implementar dispositivos comerciais inéditos para conquistar novos mercados. Ed seria o cabeça: essa experiência seria para ele como um tratamento de juventude. Sentia falta de ação. Enquanto ele falava, vários vice-diretores já se regozijavam com a idéia de fazer parte do novo batalhão ligado ao futuro presidente. Decididamente, Judas nunca envelheceria... ele até sabia se diversificar, pensou Lucas. Prosseguindo nas suas explicações, Heurt concluiu que uma pequena concorrência com o sócio não poderia fazer mal, muito pelo contrário, um aporte de oxigênio é sempre benéfico.

— Você tem a mesma opinião que eu, Lucas?

— Totalmente — respondeu ele, concordando com a cabeça.

Lucas estava nas nuvens: as intenções de Heurt iam muito além do que esperava e pressagiavam o sucesso do seu projeto. No número 666 da Market Street, o ar do poder não tardaria a ficar rarefeito. Os dois homens discutiram a reação de Antonio. Era mais provável que o sócio se opusesse às novas idéias. Seria preciso um ato de coragem para lançar a divisão, mas elaborar uma operação de envergadura não era uma coisa fácil e exigia muito tempo, lembrou Heurt. O vice-presidente sonhava com um mercado de prestígio, que legitimasse o poder que queria conquistar. Lucas se levantou e pôs na frente de Ed o dossiê que levava embaixo do braço. Abriu-o e tirou uma grossa documentação:

A zona portuária de São Francisco se estendia por vários quilômetros, beirando praticamente toda a costa leste da cidade. Essa zona estava em perpétuas mudanças. A atividade das docas sobrevivia, para grande pesar do mundo imobiliário que, no entanto, havia batalhado duro para aumentar o porto de recreio e para a transformação dos terrenos de frente para o mar, os mais cobiçados da cidade. Os pequenos veleiros haviam encontrado um ancoradouro numa segunda marina, vitória dos mesmos incorporadores que conseguiram levar sua batalha um pouco mais ao norte. A criação dessa unidade residencial havia sido objeto de cobiça de todos os meios de negócios, e as casas à beira-mar haviam sido conseguidas a preço de ouro. Mais à frente, também haviam construído gigantescos terminais que recebiam imensos navios. O afluxo de passageiros despejados seguia por uma alameda recentemente construída que os levava ao cais 39. A zona turística dera origem a um grande número de casas de comércio e de restaurantes. As múltiplas atividades dos cais eram fonte de lucros gigantescos e de rudes batalhas de interesse. Fazia dez anos que os diretores administrativos da zona portuária vinham sendo trocados a cada quinze dias, sinal da guerra de influências que continua a ocorrer em torno da aquisição e da exploração da área costeira da cidade.

— Aonde quer chegar? — perguntou Ed.

Lucas sorriu maliciosamente e desdobrou uma planta: na legenda se podia ler "Porto de São Francisco, Doca 80".

— Ao ataque desse último bastião!

O vice-presidente queria um trono, Lucas lhe oferecia a consagração!

Ele se sentou novamente para detalhar o projeto. A situação das docas era precária. O trabalho, sempre duro, era constantemente perigoso, o temperamento dos estivadores impetuoso. Ali, uma greve poderia ser propagada mais rápido do que um vírus. Lucas já havia tomado as providências para que o ambiente se tornasse explosivo.

— Não vejo de que isso nos serve — disse Ed bocejando.

Lucas voltou a falar, aparentando indiferença:

— Enquanto as empresas de logística e de frete pagarem os salários e os aluguéis deles, ninguém ousará desalojá-los. Mas isso pode mudar bem depressa. Basta uma nova paralisação das atividades.

— A direção do porto jamais irá nesse rumo. Vamos encontrar muita resistência.

— Depende das ondas de influências — disse Lucas.

— Pode ser — disse Heurt, meneando a cabeça — mas, para um projeto dessa envergadura, precisaremos de todos os apoios de cima.

— Para você não preciso explicar como puxar os cordões do *lobbying*! O diretor de planejamento imobiliário do porto está a dois dedos de ser substituído. Tenho certeza de que uma gratificação pela saída o deixaria altamente interessado.

— Não entendo o que está dizendo!

— Ed, você poderia ter inventado a pólvora!

O vice-presidente se empertigou na poltrona, sem saber se devia sentir-se lisonjeado com essa observação. Ao se dirigir para a porta, Lucas interpelou o patrão:

— Na pasta azul, você vai encontrar também uma ficha com informações detalhadas sobre o nosso candidato a uma rica aposentadoria. Ele passa todos os fins de semana no lago Tahoe e está crivado de dívidas. Dê um jeito para me conseguir um encontro com ele, o mais rápido possível. Exija um lugar bem discreto e deixe o resto comigo.

Heurt manuseou, nervoso, as folhas do dossiê. Olhou para Lucas, perplexo, e franziu as sobrancelhas.

— Em Nova York você fazia política?

A porta se fechou.

O elevador estava parado no seu andar, Lucas deixou que ele partisse vazio. Pegou o celular, ligou-o e apertou febrilmente os números da sua mensagem de voz. "Nenhuma nova mensagem", repetiu por duas vezes a voz com entonação de robô. Ele desligou e fez o indicador do telefone andar até aparecer o pequeno envelope de texto: estava vazio. Desconectou o aparelho e entrou no elevador. Quando saiu no estacionamento, teve de reconhecer que alguma coisa, que não conseguia identificar, o perturbava: *um ínfimo batimento no fundo do peito que ressoava até as têmporas.*

*
* *

O conselho já durava duas horas. A repercussão da queda de Gomez no fundo do porão do *Valparaiso* assumia proporções inquietantes. O homem ainda estava na UTI. De hora em hora, Manca telefonava para o hospital para saber do estado dele: os médicos ainda não tinham um diagnóstico. Se o fiel do porão viesse a falecer, ninguém mais controlaria a fúria que retumbava oculta nos cais. O chefe do sindicato da costa oeste viera assistir à reunião. Ele se levantou para pegar uma xícara de café. Zofia aproveitou para sair discretamente da sala onde eram realizados os debates. Ela saiu do prédio e deu alguns passos para se ocultar atrás de um contêiner. Protegida dos olhares indiscretos, teclou um número. A saudação na caixa postal era breve: "Lucas", seguida imediatamente de um bipe.

— É Zofia quem fala, estou livre esta noite, ligue-me para dizer onde nos encontraremos. Até já.

Ao desligar, ela olhou para o telefone celular e, sem realmente saber por quê, sorriu.

No fim da tarde, os representantes, por unanimidade, adiaram a decisão. Precisariam de tempo para ver as coisas mais claramente. A comissão de investigação só publicaria o resultado da perícia sobre as causas da tragédia tarde da noite, e o San Francisco Memorial Hospital também aguardava o boletim médico da manhã seguinte para se pronunciar sobre as possibilidades de o estivador sobreviver. Conseqüentemente, a sessão foi suspensa e adiada para o dia seguinte. Manca convocaria os membros da agremiação assim que recebesse os dois relatórios, e uma assembléia geral seria realizada imediatamente depois.

Zofia precisava de ar puro. Resolveu arejar um pouco e andar ao longo do cais. A alguns passos, a proa enferrujada do *Valparaiso* se balançava na ponta das amarras, o navio estava acorrentado como uma ave de mau agouro. A sombra do grande cargueiro se refletia, intermitente, nos lençóis d'água oleosos que ondulavam ao sabor dos marulhos. Ao longo das coxias, homens de uniforme iam e vinham, trabalhando apressados em todos os tipos de inspeções. O comandante do navio os observava, apoiado na balaustrada da vigia. A julgar pelo modo como jogava o cigarro por cima da amurada, ele devia ter muito medo de que as próximas horas fossem ainda mais turvas do que as águas na qual a bituca se apagara. A voz de Jules rompeu na solidão, que os gritos das gaivotas aliviavam.

— Não se tem nenhuma vontade de dar um mergulho, não é? A não ser que seja profundo!

Zofia se virou e o olhou com ternura, atentamente. Os olhos azuis estavam gastos, a barba insolente, as roupas desbotadas, mas o despojamento não tirava nada do seu charme. Nesse homem, a elegância vinha do interior. Jules havia enfiado as mãos nos bolsos da velha calça de *tweed* com motivos xadrez.

— É príncipe-de-gales, mas acho que já faz muito tempo que o príncipe deu o fora.

— E a sua perna?

— Digamos que continua ao lado da outra, o que já é muito bom.

— Trocou o curativo?

— E você, como vai?

— Com um pouco de dor de cabeça, essa reunião não terminava nunca.

— O coração também está doendo um pouco?

— Não, por quê?

— Porque, nos últimos tempos, você tem perambulado por aqui numas horas que eu duvido que seja para tomar sol.

— Está tudo bem, Jules, apenas precisava de um pouco de ar fresco.

— E o mais fresco que você achou foi à beira de um porto que cheira a peixe morto. É, suponho que você deve ter razão: você vai muito bem!

Os homens que inspecionavam o velho navio desceram pela escada do portaló. Entraram em dois Fordes pretos (cujas portas não fizeram nenhum barulho ao serem fechadas), e foram, lentamente, para a saída da zona portuária.

— Se você pensava em tirar sua folga amanhã, não conte com isso! Tenho medo de que o dia seja ainda mais sobrecarregado do que o normal.

— Eu também tenho medo.

— Então, onde estávamos? — continuou Jules.

— Eu ia brigar com você para levá-lo para trocar o curativo! Fique aqui, vou buscar o carro.

Zofia não lhe deu tempo de argumentar e saiu.

— Má jogadora! — resmungou ele, indistintamente.

Depois de levar Jules de volta para o porto, Zofia tomou o caminho do seu apartamento. Ela foi guiando com uma das mãos e procurando o celular com a outra. Ele devia estar desaparecido no fundo da sua bolsa enorme e, como não conseguia achá-lo... o primeiro sinal ficou vermelho. Ao parar, ela virou o que parecia um saco de viagem no banco à direita e pegou o telefone no meio da desordem.

Lucas havia deixado uma mensagem, passaria para buscá-la, embaixo, às sete e meia. Ela consultou o relógio, tinha exatamente quarenta e sete minutos para voltar para casa, beijar Matilde e Reine e trocar de roupa. Como não tinha esse hábito... ela se inclinou, abriu o porta-luvas e pôs o giroflex azul na frente. Com a sirene ligada, subiu a 3rd Street em alta velocidade.

*
* *

Lucas se preparava para sair do escritório. Pegou a capa de gabardine pendurada num cabide do porta-casacos e pôs nos ombros. Apagou a luz e a cidade surgiu em preto-e-branco através da janela de vidro. Ia fechar a porta quando o telefone começou a tocar. Ele voltou para atender a ligação. Ed informava que o encontro solicitado estava marcado para as dezenove e trinta, em ponto. Lucas rabiscou o endereço num pedaço de papel.

— Telefonarei para você assim que entrar em acordo com o nosso interlocutor.

Lucas desligou sem maiores formalidades e se aproximou da janela. Olhou as ruas que se espalhavam embaixo. Daquela altura, as linhas de luzes brancas e vermelhas delineadas pelos faróis dos carros desenhavam uma imensa teia de aranha que cintilava no escuro. Lucas colou o rosto no vidro, uma auréola de vapor se formou em frente da sua boca e, no centro, um pontinho de luz azul piscava. Ao longe, um giroflex subia na direção de Pacific Heights. Lucas deu um suspiro, pôs as mãos nos bolsos do sobretudo e saiu da sala.

*
* *

Zofia desligou a sirene e guardou o giroflex; havia uma vaga em frente à porta da casa e ela estacionou sem demora. Subiu correndo a escada e entrou no apartamento.

— São muitos os que a perseguem? — perguntou Matilde.

— O quê?

— Você não está quase nada ofegante. Se visse a sua cara!

— Vou trocar de roupa, estou muito atrasada! Como foi o seu dia?

— Na hora do almoço fiz um pequeno *sprint* com Carl Lewis, e ganhei!

— Ficou muito entediada?

— Sessenta e quatro carros passaram na rua, dos quais dezenove eram verdes!

Zofia se aproximou dela e se sentou no pé da cama.

— Farei o possível para chegar mais cedo amanhã.

Matilde olhou de soslaio para o relógio em cima da mesa de pé de galo e balançou a cabeça.

— Não quero me meter no que não é da minha conta...

— Vou sair esta noite, mas não voltarei tarde. Se não estiver dormindo, poderemos falar com calma — disse Zofia, se levantando.

— Você ou eu? — murmurou Matilde ao vê-la sumir atrás das portas do armário.

Ela reapareceu na sala dez minutos depois. Uma toalha estava enrolada no cabelo molhado, outra na cintura ainda úmida. Ela pôs uma bolsinha de tecido na beirada da lareira e aproximou-se do espelho.

— Vai jantar com o Luquinhas? — perguntou Matilde.
— Ele telefonou?!
— Não! De jeito nenhum.
— Então, como sabe?
— À toa!

Zofia se virou, pôs as mãos na cintura e encarou Matilde, determinada.

— Você adivinhou à toa que eu ia jantar com Lucas?
— A não ser que eu esteja enganada, parece que você está segurando na mão direita um rímel, e na esquerda um pincel de *blush*.

— Não vejo nenhuma relação!
— Quer que eu dê uma pista? — disse Matilde, num tom irônico.

— Eu ficaria imensamente feliz! — respondeu Zofia, ligeiramente irritada.

— Você é a minha melhor amiga há mais de dois anos...

Zofia inclinou a cabeça de lado. O rosto de Matilde se iluminou com um sorriso generoso.

— ... é a primeira vez que eu vejo você se maquiar!

Zofia se virou para o espelho, sem responder. Matilde pegou displicentemente o suplemento dos programas de televisão e recomeçou a lê-lo pela sexta vez naquele dia.

— Não temos TV! — disse Zofia, pondo delicadamente com o dedo um pouco de brilho nos lábios.

— Ainda bem, detesto televisão! — disse Matilde, respondendo na mesma moeda e virando a página.

O telefone tocou na bolsa que Zofia havia deixado em cima da cama de Matilde.

— Quer que eu atenda? — perguntou ela com uma voz inocente.

Zofia se atirou em cima da bolsa enorme e mergulhou dentro dela. Pegou o aparelho e foi para o outro lado da sala.

— Não, você não quer! — resmungou Matilde, mergulhando na grade de programas do dia seguinte.

Lucas sentia muito, mas estava atrasado e não poderia passar para buscá-la. Uma mesa estava reservada para eles, às oito e meia, no último andar do prédio do Bank of America, na California Street. O restaurante três estrelas que se projetava sobre a cidade tinha uma magnífica vista da Golden Gate. Zofia deveria encontrá-lo lá. Ela desligou, foi para a cozinha e se debruçou dentro da geladeira. Matilde ouviu a voz cavernosa da amiga perguntar:

— O que gostaria? Tenho tempo de preparar um jantar para você.

— "Omelete-salada-iogurte."

Depois, Zofia pegou o mantô no armário, beijou Matilde e fechou devagar a porta do apartamento.

Ela se sentou ao volante do Ford. Antes de dar a partida, abaixou o pára-sol e se olhou no espelho. Com um muxoxo cismado, levantou o vidro e virou a chave no contato. Quando o carro desapareceu no fim da rua, a cortina da janela de Reine caiu suavemente sobre o vidro.

Zofia deixou o carro na entrada do estacionamento e agradeceu ao manobrista de libré vermelha que lhe entregou o tíquete.

— Gostaria muito de ser o homem com quem vai jantar! — disse o rapaz.

— Muito obrigada — disse ela, escarlate e feliz.

A porta giratória viravolteou e Zofia apareceu no *hall*. Depois de os escritórios fecharem, só o bar, no térreo, e o restaurante panorâmico, no último andar, permaneciam abertos ao público. Ao se dirigir num passo confiante para o elevador, ela teve uma estranha sensação de secura que lhe invadia a boca. Pela primeira vez, Zofia sentia sede. Ela olhou a hora no relógio. Como estava dez minutos adiantada, divisou o balcão de cobre atrás da vitrine do café, e mudou de direção. Quando ia entrar, reconheceu o perfil de Lucas, sentado a uma mesa, em plena conversa com o diretor administrativo do porto. Ela recuou, confusa, e voltou para o elevador.

Alguns minutos depois, Lucas foi levado pelo *maître* até a mesa onde Zofia o aguardava. Ela se levantou, ele beijou a mão dela e convidou-a a sentar-se de frente para a vista.

Durante o jantar, Lucas fez mil perguntas, às quais Zofia respondeu com outras tantas. Ele apreciou o *menu* gastronômico, ela não tocou na comida, espalhando-a delicadamente nos quatro cantos do prato. As interrupções do garçom pareciam durar eternamente. Quando ele se aproximou mais uma vez, munido de um cata-migalhas que parecia uma foice barbuda, Lucas se sentou ao lado de Zofia e soprou com força sobre a toalha.

— Pronto, agora está limpa! Pode nos deixar em paz agora, muito obrigado! — disse ele ao garçom.

A conversa foi retomada imediatamente. O braço de Lucas estava apoiado no encosto da cadeira, Zofia sentia o calor da mão dele, tão perto da sua nuca.

O garçom se aproximou de novo, para a irritação de Lucas. Pôs duas colheres e um *fondant* de chocolate diante deles. Girou o prato para apresentá-lo, se empertigou, duro feito um pau, e anunciou, com orgulho, o conteúdo.

— Fez muito bem em nos esclarecer — disse Lucas, irritado —, podíamos tê-lo confundido com um suflê de cenoura!

O garçom se afastou discretamente. Lucas se virou para Zofia.

— Você não comeu nada.

— Eu como muito pouco — respondeu ela, abaixando a cabeça.

— Prove, para me agradar, o chocolate é um pedaço do paraíso na boca.

— E um inferno para a cintura! — retrucou ela.

Ele não lhe deu opção, cortou o chocolate, levou a colher à boca de Zofia e pôs o chocolate quente na língua dela. No peito de Zofia os batimentos brotavam mais altos e ela ocultou o medo no fundo dos olhos de Lucas.

— É quente e frio ao mesmo tempo, é suave — disse ela.

A bandeja que o *sommelier* carregava se inclinou ligeiramente, o copo de conhaque caiu. Quando se chocou com o chão de pedra, quebrou-se em sete pedaços, todos idênticos. A sala emudeceu, Lucas tossiu e Zofia quebrou o silêncio.

Ainda tinha duas perguntas a fazer para Lucas, mas quis que ele prometesse responder sem rodeios, e ele prometeu.

— O que fazia na companhia do diretor administrativo do porto?

— É estranho você me perguntar isso.

— Eu disse sem rodeios!

Lucas olhou fixamente para Zofia, ela havia posto a mão em cima da mesa, ele aproximou a sua.

— Era um encontro profissional, como da última vez.

— Não é uma resposta verdadeira, mas você antecipou minha segunda pergunta. Qual é a sua profissão? Para quem você trabalha?

— Podemos dizer que estou numa missão.

Os dedos de Lucas tamborilaram febrilmente sobre a toalha.

— Que tipo de missão? — continuou Zofia.

Os olhos de Lucas abandonaram Zofia por um instante, um certo olhar desviara a sua atenção: acabara de ver Blaise no fundo da sala, com um sorriso malicioso no canto dos lábios.

— O que aconteceu? — perguntou ela. — Não se sente bem?

Lucas se havia metamorfoseado. Zofia mal reconhecia aquele com quem havia partilhado a noite, abundante de sentimentos inéditos.

— Não me faça perguntas — disse ele. — Vá ao vestiário, pegue o seu mantô e volte para casa. Telefonarei para você amanhã, não posso explicar nada agora, sinto muito.

— O que deu em você? — disse ela, desconcertada.

— Vá embora, já!

Ela se levantou e atravessou a sala. Todos os ruídos, por menores que fossem, chegavam aos seus ouvidos: o talher que caía, os copos que brindavam, o senhor de idade que limpava o lábio superior com um lenço quase tão velho quanto ele, a mulher malvestida que olhava os doces devorada de desejo, o homem de negócios que desempenhava o seu papel ao ler o jornal, ao passar entre as mesas, o casal que se calou depois que ela se levantou. Zofia apertou o passo, finalmente as portas do elevador se fecharam. Estava tomada por emoções contraditórias.

Ela correu até a rua, onde foi surpreendida pelo vento. No carro que fugia precipitadamente, só havia ela e uma vibração de melancolia.

Quando Blaise se sentou no lugar em que Zofia deixara vago, Lucas cerrou os punhos.

— Então, como vão os nossos negócios? — disse ele, jovial.

— O que, raios, veio fazer aqui? — perguntou Lucas com uma voz que não procurava ocultar a sua irritação.

— Sou o responsável pela comunicação interna e externa; então, vim comunicar-me um pouco... com você!

— Não tenho contas a lhe prestar!

— Lucas, Lucas, vamos! Quem falou em contabilidade? Eu vim, simplesmente, saber como anda a saúde do meu pupilo, e, pelo que vi, parece estar ótima.

Blaise se mostrou tão dócil quanto falsamente amigável.

— Eu sabia que você era brilhante, mas agora devo confessar que o subestimei.

— Se isso é tudo o que tinha a dizer-me, eu o convido a se retirar!

— Eu o observei enquanto você a embalava com as suas serenatas, e preciso reconhecer que na hora da sobremesa fiquei impressionado! Porque isso, meu velho, beira a genialidade!

Lucas examinou Blaise atentamente, procurando decifrar o que tornava hilário esse perfeito imbecil.

— A natureza não foi muito generosa com você, Blaise, mas não se desespere. Algum dia haverá entre nós uma penitente que terá cometido alguma coisa suficientemente grave para ser condenada a passar algumas horas nos seus braços!

— Não use da falsa modéstia, Lucas; compreendi tudo e aprovo. Sua inteligência sempre me surpreenderá.

Lucas se virou para pedir, com um sinal da mão, que lhe trouxessem a conta. Blaise a pegou e entregou um cartão de crédito ao *maître*.

— Deixe, essa é minha!

— Aonde quer chegar, exatamente? — perguntou Lucas, tirando a conta dos dedos úmidos de Blaise.

— Você devia confiar mais em mim. Preciso lembrar que a missão lhe foi confiada por influência minha? Então não vamos bancar os imbecis, já que nós dois sabemos muito bem!

— O que nós sabemos? — disse Lucas se levantando.

— Que é ela!

Lucas se sentou lentamente e olhou para Blaise.

— E quem é ela?

— Ela é o outro, meu caro... o seu outro!

Lucas entreabriu ligeiramente a boca, como se o ar ficasse rarefeito de repente! Blaise continuou:

— Foi ela que eles enviaram para lutar contra você. Você é o nosso demônio, ela é o anjo, a elite deles.

Blaise se inclinou na direção de Lucas, que fez um movimento de recuo.

— Não se mostre tão despeitado, cara — acrescentou —, faz parte do meu trabalho saber de tudo. Precisava felicitá-lo. A tentação do anjo não é uma vitória para o nosso campo, é um triunfo! E foi isso que aconteceu, não foi?

Lucas sentiu uma ponta de apreensão na última pergunta de Blaise.

— Não é o seu trabalho saber de tudo, meu chapa? — concluiu Lucas com uma ironia misturada à raiva.

Ele saiu da mesa. Ao atravessar a sala, ouviu a voz de Blaise:

— Também vim dizer para ligar o seu celular. Estão atrás de você! A pessoa com quem você falou há algumas horas quer fechar o acordo hoje à noite.

O elevador se fechou atrás de Lucas. Blaise viu o prato com a sobremesa inacabada, se sentou novamente e enfiou o dedo úmido no chocolate.

*
* *

O carro de Zofia ia pela Van Ness Avenue. Todos os sinais mudavam para o verde quando ela passava. Zofia ligou o rádio e procurou uma estação de *rock*. Seus dedos tamborilavam o volante acompanhando a percussão, eles batiam energicamente, cada vez mais forte, até que as suas falanges foram invadidas pela dor. Ela virou na direção de Pacific Heights e estacionou sem cuidado em frente da pequena casa.

As janelas do térreo não estavam iluminadas. Zofia subiu ao primeiro andar. Assim que pôs o pé no terceiro degrau da escada, a porta de Miss Sheridan foi entreaberta. Zofia seguiu o raio de luz que deslizava pela penumbra até o apartamento de Reine.

— Eu bem que avisei!

— Boa-noite, Reine.

— Vamos, sente-se aqui perto de mim, você me dará boa-noite ao sair. Se bem que, pela sua cara, talvez você só saia na hora de dizermos bom-dia.

Zofia se aproximou. Sentou-se no carpete e apoiou a cabeça no braço da poltrona. Reine lhe acariciou o cabelo antes de começar a falar:

— Espero que você tenha uma pergunta! Porque eu tenho uma resposta!

— Sou incapaz de dizer o que estou sentindo.

Zofia se levantou, foi até a janela e afastou a cortina. Na rua, o Ford parecia dormir. Reine voltou a falar:

— Longe de mim querer ser indiscreta. Coisas impossíveis, é melhor esquecê-las do que desejá-las! Na minha idade, o futuro encolhe a olhos vistos, e quando se é presbíope como eu, há com o que se preocupar. Portanto, cada dia que passa olho à minha frente, com a aflitiva impressão de que a estrada vai acabar na ponta dos meus sapatos.

— Por que está dizendo isso, Reine?

— Porque conheço a sua generosidade e, também, o seu pudor. Para uma mulher da minha idade, as alegrias, as tristezas daqueles a quem amamos são como quilômetros ganhos na noite que se anuncia. As esperanças e os desejos de vocês nos lembram que, depois de nós, o caminho continua, e o que fizemos da nossa vida teve um sentido, mesmo que ínfimo... um pouquinho da razão de ser. Assim sendo, agora você vai contar o que está errado!

— Não sei!

— O que você está sentindo se chama falta!

— Há tantas coisas que eu gostaria de poder contar-lhe.

— Não se preocupe, eu adivinho...

Reine levantou delicadamente o queixo de Zofia com a ponta do dedo.

— Acorde o seu sorriso; basta uma minúscula semente de esperança para plantar todo um campo de felicidade... e um pouco mais de paciência para que ele tenha tempo de brotar.

— Você já amou alguém, Reine?

— Está vendo estas velhas fotos nos álbuns? A rigor, elas não servem para nada! A maior parte das pessoas que estão ali já morreu há muito tempo, mas, no entanto, as fotos são muito importantes para mim. Sabe por quê? Porque eu as tirei! Se você soubesse como eu gostaria que as minhas pernas me levassem ainda uma vez até lá! Aproveite, Zofia! Corra, não perca tempo! Nossas segundas-feiras às vezes são extenuantes, nossos domingos, maçantes, mas, Deus do céu, como é agradável a renovação da semana.

Reine abriu a palma da mão, pegou o indicador de Zofia e percorreu com ele a sua linha da vida.

— Sabe o que é *Bachert**, Zofia?

Zofia não respondeu, e a voz de Reine ficou ainda mais suave:

---

* *Bachert* — Palavra em iídiche que significa "o destinado". (N. T.)

— Ouça bem, é a história mais bonita do mundo: *Bachert* é a pessoa que Deus destinou a você, é a sua outra metade, o seu verdadeiro amor. Então, a lucidez da sua vida será encontrá-la e... sobretudo, reconhecê-la.

Zofia olhou para Reine em silêncio. Levantou-se, deu-lhe um beijo na testa cheio de ternura e desejou-lhe uma boa noite. Antes de sair, ela se virou para fazer um último pedido:

— Tem um dos seus álbuns que eu gostaria muito de ver.

— Qual? Você já os percorreu uma boa dezena de vezes!

— O seu, Reine.

E a porta foi fechada lentamente atrás dela.

Zofia subiu os degraus. Ao chegar ao *hall* do seu apartamento, mudou de opinião, desceu a escada sem fazer barulho e acordou o velho Ford. A cidade estava quase deserta. Ela desceu a California Street. Um sinal a obrigou a parar em frente da entrada do prédio onde havia jantado. O manobrista fez um sinal amigável, ela desviou o olhar e viu Chinatown, que se abria à esquerda. Alguns quarteirões mais abaixo, estacionou o carro ao longo da calçada, atravessou o átrio a pé, apoiou a mão na parede leste do arranha-céu piramidal e entrou no *hall*.

Zofia cumprimentou Pedro e se dirigiu para o elevador que ia direto ao último andar. Quando as portas se abriram, ela pediu para ver Miguel. A recepcionista sentia muito, mas o dia oriental havia amanhecido e o padrinho fora trabalhar do outro lado do mundo.

Ela hesitou e perguntou se o *Senhor* estava livre.

— Em princípio está, mas vê-lo pode ser meio difícil.

A recepcionista não conseguiu resistir à vontade de responder à fisionomia intrigada de Zofia.

— Para você eu posso dizer! O *Senhor* tem uma mania, um *hobby*, se preferir: os foguetes! *Ele* é louco por foguetes! A idéia de que os homens os enviem tripulados ao céu deixa-o feliz. *Ele* nunca perde um lançamento, *Ele* se fecha no escritório, liga todas as televisões e ninguém mais consegue falar com *Ele*. Não posso omitir que isso passou a ser problemático depois que os chineses também entraram nessa!

— Está havendo um lançamento agora? — perguntou Zofia, impassível.

— A não ser por problemas técnicos, o lançamento está previsto para dentro de 37 minutos e 24 segundos! Quer que eu deixe um bilhete para *Ele*? É importante?

— Não, não O incomode, só queria fazer uma pergunta, volto depois.

— Onde vai estar mais tarde? Quando deixo recados incompletos, me mandam refletir num canto.

— Provavelmente vou andar no cais, ou melhor, eu acho. Então boa-noite ocidental, ou bom-dia oriental, como preferir!

Zofia saiu do prédio. Caía uma chuva fina, ela andou sem pressa até o carro e pegou o volante seguindo na direção do cais 80, outro lugar da cidade que era o seu refúgio.

Precisava de ar puro, de ver árvores, e seguiu na direção norte. Entrou no Golden Gate Park pela Martin Luther King, e subiu até o lago central. No estreito caminho, a iluminação desenhava miríades de halos na noite estrelada. Os faróis iluminaram a pequena cabana onde as pessoas alugavam barcos nos dias de tempo bom. O estacionamento estava deserto, ela deixou o Ford, andou até um banco localizado embaixo de um poste de luz e se sentou. Ajudado por uma leve brisa, um grande cisne branco ia à deriva na água, de olhos fechados, passando perto de uma perereca adormecida sobre um nenúfar. Zofia suspirou.

Ela *O* viu chegar no fim da alameda. O *Senhor* andava num passo indolente, com as mãos nos bolsos. *Ele* passou por cima da grade baixinha e cortou caminho pelo meio do gramado, evitando os canteiros de flores. *Ele* se aproximou e sentou-se ao lado dela.

— Queria ver-me?

— Não queria incomodá-lo, *Senhor*.

— Você não me incomoda nunca. Algum problema?

— Não, uma pergunta.

Os olhos do *Senhor* ficaram ainda mais claros.

— Pode falar, minha filha.

— Passamos todo o tempo a pregar o amor, mas nós, os anjos, só temos a teoria. Portanto, *Senhor,* o que é realmente o amor na Terra?

Ele olhou o céu e passou o braço pelos ombros de Zofia, puxando-a para si.

— É a coisa mais bela que eu inventei! O amor é uma parcela de esperança, a renovação perpétua do mundo, o caminho para a terra prometida. Eu criei a diferença para que a humanidade cultivasse a inteligência: um mundo homogêneo seria triste de morrer! Além do mais, a morte é apenas um momento da vida para aquele que soube amar e se fazer amar.

Com a ponta do pé, Zofia traçou impetuosamente um círculo no cascalho.

— E o *Bachert* é uma história verdadeira?

Deus sorriu e tomou-lhe a mão.

— Bela idéia, né? Aquele que encontra a sua outra metade é o mais realizado de toda a humanidade. O homem não é único em si mesmo — se eu quisesse que assim fosse, teria criado só um; ele só passa a ser único quando começa a amar. Talvez a criação humana seja imperfeita, mas nada é mais perfeito no universo do que dois seres que se amam.

— Agora compreendo melhor — disse Zofia, traçando uma linha reta no meio do seu círculo.

Ele se levantou, pôs as mãos novamente nos bolsos e já se preparava para ir embora quando pôs a mão na cabeça de Zofia e lhe disse numa voz suave e cúmplice:

— Vou lhe contar um grande segredo, a única pergunta que eu me faço desde o primeiro dia: será que, realmente, fui eu quem inventou o **amor**, ou foi o amor que me inventou?

Afastando-se num passo leve, Deus olhou o próprio reflexo na água e Zofia o ouviu resmungar:

— *Senhor* pra cá, *Senhor* pra lá, preciso realmente ter um nome nessa casa... eles já me envelhecem com esta barba...

Ele se virou e perguntou para Zofia:

— O que acha do nome *Houston*?

Atônita, Zofia o viu partir com as mãos sublimes cruzadas nas costas, e ele continuava a falar sozinho.

— *Senhor Houston*, talvez... Não... *Houston*, é perfeito!

E a voz sumiu atrás de uma árvore.

Zofia ficou sozinha por um longo momento. A rã empoleirada no nenúfar a olhava fixo e coaxou duas vezes. Zofia se inclinou e disse:

— Qual, qual?!

Zofia se levantou, pegou o carro e saiu do Golden Gate Park. Na colina de Nob Hill, um campanário soou onze vezes.

*
* *

As rodas da frente pararam a alguns centímetros da beirada, a grade da frente do Aston Martin estavam em cima da água. Lucas desceu do carro e deixou a porta aberta. Ele pôs o pé direito no pára-choque traseiro, suspirou profundamente e desistiu. Afastou-se alguns passos, sentindo a cabeça rodar. Debruçou-se na água e vomitou.

— Você não parece estar numa boa!

Lucas se ergueu e olhou para o velho mendigo que lhe estendia um cigarro.

— Fumo escuro, um pouco forte, mas diante das circunstâncias... — disse Jules.

Lucas pegou um, Jules estendeu o isqueiro, a chama iluminou os dois rostos por um curto espaço de tempo. Ele inalou uma profunda baforada e tossiu em seguida.

— São bons — disse, jogando a bituca ao longe.

— Problemas de estômago? — perguntou Jules.

— Não! — respondeu Lucas.

— Então, talvez, uma contrariedade!

— E aí, Jules, como vai a perna?

— Como o resto, defeituosa!

— Então ponha outro curativo antes que infeccione — disse Lucas, se afastando.

Jules o viu se dirigir para os velhos prédios, a uma centena de metros dali. Lucas subiu os degraus com furos de ferrugem e caminhou pela coxia que acompanhava a fachada do primeiro andar. Jules gritou:

— Essa contrariedade é morena ou loura?

Mas Lucas não ouviu. A porta do único escritório com a janela iluminada foi fechada atrás dele.

*
* *

Zofia não estava com a menor vontade de voltar para casa. Apesar do prazer de hospedar Matilde, sentia falta de um pouco de privacidade. Ela passeava embaixo do velho prédio de tijolo vermelho que dominava o cais deserto. O relógio embutido no capitel soou a meia hora. Ela se aproximou da beirada do cais. A proa do velho cargueiro arfava à luz de uma lua ligeiramente encoberta por um fino véu de nevoeiro.

— Gosto muito desse ferro-velho, temos a mesma idade! Ele também range quando mexe, está ainda mais enferrujado do que eu!

Zofia se voltou e sorriu para Jules.

— Não tenho nada contra ele — disse ela —, mas se as escadas estivessem em melhor estado, gostaria dele ainda mais.

— O material não tem nada a ver com o acidente.

— Como sabe disso?

— As paredes das docas têm ouvidos, pedaços de palavras aqui formam pedaços de frases ali...

— Sabe como Gomez caiu?

— Aí está todo o mistério. Se fosse um rapaz, poderíamos achar que era falta de atenção. Já faz tempo que ouvimos dizer na televisão que os jovens são mais idiotas do que os velhos... mas eu não tenho TV e o estivador era um veterano. Ninguém vai engolir que ele se soltou sozinho da escada.

— Ele pode ter tido um mal-estar?

— É possível, mas resta saber por que ele teve esse mal-estar.

— Mas você sente alguma coisa no ar!

— O que eu sinto é um pouco de frio; a porcaria dessa umidade me entra até os ossos. Gostaria de continuar a conversa, mas em outro lugar. Perto da escada que leva aos escritórios há uma espécie de microclima, você se incomodaria de andar alguns metros comigo?

Zofia deu o braço ao homem idoso. Eles se abrigaram sob o estrado que acompanhava a fachada. Jules deu alguns passos para se instalar bem debaixo da única janela ainda iluminada nessa hora tardia. Zofia sabia que as pessoas idosas tinham as suas manias e que para amá-las como se devia não se podia contrariar os seus hábitos.

— Pronto, aqui está bom — disse ele — aliás, aqui estamos muito melhor!

Eles se sentaram junto à parede. Jules alisou as dobras da eterna calça príncipe-de-gales.

— Então — Zofia retomou o assunto —, e quanto a Gomez?

— Não sei de nada! Mas, se você escutar, é bem possível que a leve brisa nos conte alguma coisa.

Zofia franziu as sobrancelhas, mas Jules pôs o dedo sobre os lábios dela. No silêncio da noite, Zofia ouviu a voz grave de Lucas ecoar no escritório, bem acima da sua cabeça.

*

Heurt estava sentado na ponta da mesa de fórmica. Ele empurrou um pequeno pacote embrulhado em papel Kraft para o diretor administrativo do porto. Terence Wallace estava sentado em frente a Lucas.

— Um terço agora. A segunda parte virá depois de o seu conselho administrativo votar a desapropriação das docas, e a última assim que eu assinar o contrato exclusivo de comercialização dos terrenos — disse o vice-presidente.

— O acordo é que os seus administradores deverão se reunir antes do fim da semana — acrescentou Lucas.

— O prazo é terrivelmente curto — gemeu o homem, que ainda não ousara pegar o pacote marrom.

— As eleições se aproximam! O prefeitura ficará feliz em anunciar a transformação de uma zona poluente em residências limpinhas. Será como um presente caído do céu! — exagerou Lucas, fazendo o pacote deslizar para as mãos de Wallace. — Seu trabalho não deve ser tão complicado assim!

Lucas se levantou para se aproximar da janela que ele entreabriu, e acrescentou:

— E já que, tão cedo, você não vai precisar trabalhar... poderá até recusar a promoção que eles lhe oferecerão como agradecimento por enriquecê-los...

— Por ter encontrado uma solução para uma crise anunciada! — replicou Wallace, com uma voz afetada, entregando um grande envelope branco para Ed.

— O valor de cada parcela está indicado neste relatório confidencial — disse ele. — Aumente o preço em dez por cento e meus administradores não poderão recusar a sua oferta.

Wallace pegou o que lhe era devido e sacudiu, alegre, o pacote.

— Reunirei todos eles no máximo até sexta-feira — acrescentou.

O olhar de Lucas, perdido na janela, foi atraído pela sombra veloz que fugia embaixo. Quando Zofia entrou no carro, parecia que o olhava diretamente nos olhos. As lanternas traseiras do Ford desapareceram ao longe. Lucas abaixou a cabeça.

— Você nunca sente escrúpulos, Terence?
— Não sou eu quem vai provocar essa greve! — respondeu ele, saindo do escritório.

Lucas não aceitou que Ed o levasse de volta e ficou sozinho.

Os sinos da Grace Cathedral soaram a meia-noite. Lucas vestiu a capa de gabardine e enfiou as mãos nos bolsos. Abrindo a porta, acariciou com a ponta dos dedos a capa do pequeno livro roubado, que não o abandonava mais. Ele sorriu, contemplou as estrelas e recitou:

— "Haja luzeiros no firmamento dos céus para separar o dia da noite." "Sirvam eles de sinais para separar a luz das trevas."*

E Deus viu que assim era bom.**

Houve tarde e houve manhã...

---

* Gênese, 1,14.
** Gênese, 1,18.

4

Quarto Dia

Matilde havia gemido quase todo o tempo, a dor lhe perturbara o sono da noite, e ela só havia conseguido descansar às primeiras luzes da manhã. Zofia levantou sem fazer barulho, se vestiu e saiu do apartamento na ponta dos pés. A janela do *hall* deixava entrar um sol agradável. No fim da escada, Zofia se encontrou com Reine, que empurrava com o pé a porta da entrada, os braços carregados com um enorme buquê de flores.

— Bom-dia, Reine.

Reine, que segurava um envelope entre os lábios, não pôde responder. Zofia se aproximou imediatamente para ajudá-la. Pegou o imenso ramalhete e colocou-o no console da entrada.

— Você está sendo extremamente bajulada, Reine.

— Eu não, mas você sim! Tome, o cartão também deve ser para você! — disse ela entregando o envelope que Zofia, curiosa, abriu.

Devo-lhe explicações; por favor, ligue-me. Lucas.
Zofia guardou o cartão no bolso. Reine contemplava as flores, meio admirada, meio zombeteira.

— Veja só, ele não faz pouco caso de você! Aí deve ter quase trezentas flores, e de diferentes variedades! Eu não teria um vaso suficientemente grande!

Miss Sheridan entrou no apartamento, Zofia foi atrás dela, levando o suntuoso buquê nos braços.

— Coloque as flores perto da pia, vou fazer vários ramalhetes de um tamanho de gente, poderá pegá-los na volta. Vá embora, estou vendo que já está atrasada.

— Obrigada, Reine, daqui a pouco estarei de volta.

— Certo, certo, está bem, vamos, rua, detesto ver você pela metade, e sua cabeça já não está mais aqui!

Zofia beijou a locatária e saiu de casa. Reine pegou cinco vasos no armário e enfileirou-os sobre a mesa, procurou a tesoura de poda na gaveta da cozinha e começou a fazer os arranjos. Ela gostou de um longo ramo de lilases, e separou-o. Quando ouviu o piso estalar acima da sua cabeça, abandonou a obra para preparar o café da manhã de Matilde. Alguns minutos depois, subiu a escada, reclamando:

— Hospedeira, florista... não falta mais nada? Eu juro, já chega!

Zofia estacionou o carro em frente ao Fisher's Deli. Reconheceu o inspetor Pilguez ao entrar no bar; ele a convidou para sentar.

— Como vai a nossa protegida?

— Recuperando-se devagar, a perna dói mais do que o braço.

— É normal — disse ele —, faz muito tempo que ninguém usa as mãos para andar!

— O que o traz aqui, inspetor?

— A queda do estivador.

— E o que o deixa tão mal-humorado?

— A investigação sobre a queda do estivador! Quer tomar alguma coisa? — disse Pilguez, se virando para o balcão.

Depois do acidente de Matilde, o atendimento não mais era de tempo integral: fora das horas de pico, era preciso ter muita paciência para conseguir um café.

— Já se sabe por que ele caiu? — continuou Zofia.

— A comissão de investigação acha que a barra da escada é a causa.

— É uma má notícia — murmurou Zofia.

— Só que os métodos deles de investigação não me convencem! Tive uma pequena discussão com o responsável.

— Sobre o quê?

— Tive a impressão de que ele estava tirando sarro ao repetir a palavra "carcomido". O problema — continuou Pilguez, mergulhado nos próprios pensamentos — é que o quadro de fusíveis não parece interessar a nenhum dos comissários!

— Que importância tem aqui o seu quadro de fusíveis?

— Aqui, nenhuma, mas perto do porão, muita! Não existem muitas razões para que um estivador experiente caia. Ou a escada estava podre, e eu não digo que aquela lá esteja na flor da idade... ou foi uma falta de atenção: o que não é o gênero de Gomez! A não ser que o porão ficasse muito escuro, o que pode ser uma razão, no caso de a luz se apagar de repente. Aí o acidente é praticamente inevitável.

— Você sugere que poderia ser um ato mal-intencionado?

— Sugiro que a melhor maneira de fazer o Gomez cair seria desligar os projetores enquanto ele estivesse na escada! Por pouco não é preciso usar óculos escuros para trabalhar no porão, quando está iluminado. Na sua opinião o que acontece quando tudo mergulha no escuro? Enquanto os olhos se acomodam, você perde o equilíbrio. Nunca teve vertigem ao entrar numa loja ou num cinema depois de ficar em pleno sol? Imagine só o efeito se a pessoa estiver empoleirada no alto de uma escadinha de vinte metros!

— Tem provas do que está afirmando?

Pilguez pôs a mão no bolso, tirou um lenço e pôs em cima da mesa. Desdobrou-o, revelando um pequeno cilindro redondo, calcinado em todo o comprimento. Ele respondeu à expressão interrogativa de Zofia.

— Tenho um fusível queimado, ao qual falta um zero na amperagem.

— Não levo muito jeito para assuntos de eletricidade...

— Este troço é dez vezes mais fraco do que deveria ser, para a carga que devia agüentar!

— Isso é uma prova?

— De má-fé, pelo menos! A resistência poderia suportar cinco minutos no máximo antes de pifar!

— Mas isso provaria o quê?

— Que não é só nos porões do *Valparaiso* que não se vê muito bem.

— O que acha a comissão de investigação?

Pilguez apertava o fusível, seu rosto mal dissimulava a raiva.

— Ela acha que isto que tenho nas mãos não prova nada, pois eu não o achei no quadro de eletricidade!

— E você acha o contrário?

— Acho!

— Por quê?

Pilguez fez o fusível rolar sobre a mesa e Zofia o pegou para examiná-lo atentamente.

— Eu o catei embaixo da escada, o excesso de tensão deve tê-lo mandado longe. Quem foi eliminar as pistas não o encontrou. No quadro havia um novinho em folha.

— Está pensando em abrir uma investigação criminal?

— Ainda não, aí também tenho um problema!

— Qual?

— O motivo! Qual poderia ser o interesse de fazer Gomez cair no fundo desse ferro-velho? A quem o acidente poderia ser útil? Tem alguma idéia?

Zofia reagiu ao mal-estar que a invadia, tossiu e pôs a mão na frente do rosto.

— A menor!

— Nem uma pequena? — perguntou Pilguez, desconfiado.

— Nem uma minúscula — disse ela, tossindo de novo.

— Que pena! — respondeu Pilguez, se levantando.

Ele atravessou o bar. Ao sair, deu passagem a Zofia, e foi para o carro. Apoiou-se na porta e se virou para ela.

— Nunca tente mentir, você não tem nenhum jeito para isso!

Ele deu um sorriso forçado e se instalou ao volante. Zofia correu até ele.

— Tem uma coisa que eu não disse!

Pilguez olhou o relógio e suspirou.

— Ontem à noite, a comissão de investigação incluiu o navio entre as possíveis causas; ninguém voltou para inspecionar depois.

— O que poderia tê-los convencido a mudar de idéia durante a noite? — perguntou o inspetor.

— A única coisa que eu sei é que o envolvimento do navio vai provocar uma nova greve.

— E em que isso beneficia a comissão?

— Deve haver uma ligação, procure!

— Se houver alguma, deve ser o mandante da queda de Gomez.

— Um acidente, uma conseqüência, uma única e mesma finalidade — murmurou Zofia, abalada.

— Vou começar por pesquisar o passado da vítima para afastar outras hipóteses.

— Suponho que seja o melhor a fazer — disse Zofia.

— E você, aonde vai?

— À assembléia geral dos estivadores.

Ela se afastou da porta do carro, Pilguez ligou o motor e foi embora.

Ao sair da zona portuária, ele telefonou para o seu departamento. A responsável pela expedição atendeu o telefone no sétimo toque, e Pilguez emendou em seguida:

— Bom-dia, aqui é da funerária; o detetive Pilguez passou mal e morreu tentando falar com vocês. Queremos saber se preferem que entreguemos o corpo na delegacia ou diretamente aí!

— Ora! Tem um depósito de lixo a dois quarteirões daqui, deixe-o lá, irei vê-lo assim que conseguir uma assistente e não precisar atender o telefone a cada dois minutos — respondeu Natália.

— Engraçadinha!

— O que você quer?

— Não ficou preocupada, nem por um segundo?

— Você não passa mal desde que eu comecei a controlar a sua glicemia e o seu colesterol. Em compensação, chego a ter saudades da época em que, escondido, você comia os seus ovos, pelo menos o seu mau humor tinha os seus momentos de fraqueza. Foi para saber notícias minhas que você ligou, cheio de charme?

— Quero pedir um favor.

— Podemos dizer que você sabe como fazer as coisas! Continuo ouvindo...

— Veja no servidor central tudo o que puder encontrar sobre um tal de Felix Gomez, número 56 da Fillmore Street, licença de estivador 54.687. E gostaria muito de saber quem lhe contou que eu comia ovos escondido!

— Sabia que eu também trabalho na polícia? Você é tão delicado para comer quanto para falar!

— E daí, o que isso prova?

— Quem leva as suas camisas para a lavanderia? Bom, até já, tenho seis ligações me esperando, pode ser que haja uma verdadeira emergência.

Depois que Natália desligou, Pilguez ligou a sirene do carro e deu meia-volta.

*
* *

Foi preciso uma boa meia hora para que a multidão ficasse em silêncio, a reunião na esplanada acabava de começar. Manca terminara de ler o boletim médico do San Francisco

Memorial Hospital. Gomez havia sofrido três intervenções cirúrgicas. Os médicos não podiam prever se algum dia ele voltaria a trabalhar, mas as duas fissuras nas vértebras lombares não haviam causado dano à medula espinhal: ele ainda estava inconsciente, mas fora de perigo. Um murmúrio de alívio percorreu a assembléia, porém, não diminuiu a tensão reinante. Os estivadores estavam de pé em frente ao estrado improvisado entre dois contêineres. Zofia estava um pouco afastada, na última fila. Manca pediu silêncio.

— A comissão de investigação concluiu que o mau estado de conservação da escada do porão, provavelmente, foi o responsável pelo acidente do nosso colega.

A fisionomia do chefe do sindicato estava séria. As condições de trabalho que lhes eram impostas haviam posto a vida de um de seus colegas em perigo, e mais uma vez um deles quase morrera.

Um filete de fumaça saía por trás da porta de um contêiner, vizinho à tribuna onde Manca falava aos estivadores. Ao acender a cigarrilha, Ed Heurt abrira a janela do Jaguar. Encaixou o acendedor de volta no lugar e deu umas cuspidas para eliminar os pedacinhos de tabaco presos na ponta da língua. Esfregou as mãos, radiante por sentir a fúria ecoar a alguns metros dele.

— A única coisa que posso propor é a parada dos trabalhos por um prazo ilimitado — concluiu Manca.

Um pesado silêncio pairava por sobre todas as cabeças. Uma a uma as mãos se levantaram, cem braços estavam esticados, Manca aprovou com um sinal de cabeça a decisão unânime dos colegas. Zofia inspirou profundamente antes de tomar a palavra.

— Não façam isso! Vocês estão prestes a cair numa cilada!

Ela leu a surpresa misturada à raiva nos rostos que se viraram na sua direção.

— Não foi a escada que causou a queda de Gomez — continuou Zofia, elevando o tom de voz.

— Ela não tem de se intrometer! — gritou um estivador.

— Vai ter sorte se o seu cargo de chefe da segurança não for questionado! — berrou um outro.

— É lamentável ouvir isso! — retorquiu Zofia.

Ela sentiu a agressividade do ambiente se virar contra ela.

— Sou constantemente recriminada por tomar excessivas precauções para vocês, e sabem muito bem disso!

O rumor foi paralisado por alguns segundos, antes que um terceiro homem retrucasse:

— Então, por que Gomez caiu?

— De qualquer forma, não foi por causa da escada! — respondeu Zofia, abaixando a voz e a cabeça.

Um tratorista avançou batendo com uma barra de ferro na própria mão.

— Dê o fora, Zofia! Você não é mais bem-vinda aqui!

De repente, ela se sentiu ameaçada pelos estivadores que se aproximavam. Zofia recuou e se chocou com um homem que estava atrás dela.

— Toma lá, dá cá! — sussurrou Pilguez ao ouvido dela. — Você me conta a quem é útil essa greve e eu a livro dessa enrascada. Acho que você deve ter uma pequena idéia sobre o assunto e nem precisa dizer quem está tentando proteger!

Ela virou a cabeça para olhá-lo, Pilguez estampava um sorriso malicioso.

— É o instinto policial, minha cara — acrescentou ele, girando o fusível entre os dedos.

Pilguez se colocou na frente dela e mostrou o seu distintivo para a multidão, que parou imediatamente.

— É bem provável que a mocinha tenha razão — disse ele, saboreando o silêncio que conseguira impor. — Sou o inspetor Pilguez da brigada criminal de São Francisco e peço que façam o favor de recuar alguns passos, sou agorafóbico!

Ninguém obedeceu e, do estrado, Manca proferiu:

— Por que está aqui, inspetor?

— Para impedir os seus amigos de fazerem uma besteira e caírem numa cilada, como disse a senhorita!

— O que você tem a ver com isso? — retorquiu o chefe do sindicato.

— Tenho tudo a ver com isso! — disse Pilguez, levantando o braço com o fusível na ponta dos dedos.

— O que é isso? — perguntou Manca.

— É o que deveria ter garantido a continuidade da iluminação no porão onde Gomez caiu!

Todos os rostos se voltaram para Manca, que falou mais alto:

— Não vemos aonde você quer chegar, inspetor.

— É isso mesmo o que estou dizendo, cara, e no porão Gomez também se arriscava a não ver grande coisa.

O pequeno cilindro de cobre desenhou uma parábola por cima das cabeças dos estivadores. Manca o pegou no ar.

— O acidente do seu colega se deve a um ato mal-intencionado — prosseguiu Pilguez. — Esse fusível é dez vezes mais fraco do que deveria ser, constate você mesmo.

— Por que alguém faria isso? — perguntou uma voz anônima.

— Para que vocês fizessem greve! — respondeu Pilguez laconicamente.

— Há fusíveis em tudo o que é lugar nos navios — disse um homem.

— O que você está dizendo não tem nada a ver com o relatório da comissão de investigação! — falou um outro.

— Silêncio! — gritou Manca. — Vamos supor que você diga a verdade, quem teria fomentado esse golpe?

Pilguez olhou para Zofia antes de responder ao chefe do sindicato:

— Digamos que esse aspecto da coisa ainda não foi elucidado!

— Então se mande daqui com as suas histórias pra boi dormir — clamou um estivador, agitando um pé-de-cabra.

A mão do policial desceu lentamente para o coldre. A assembléia ameaçadora se movia na direção deles, como uma maré crescente que não tardaria a submergi-los. Perto do estrado, diante de um contêiner aberto, Zofia reconheceu o homem que a olhava fixo.

— Eu conheço o mandante do crime!

A voz firme de Lucas fez os estivadores pararem. Todos os rostos se voltaram para ele. Lucas empurrou a porta aberta do contêiner, cujas dobradiças rangeram, revelando para todos o Jaguar escondido atrás dela. Lucas apontou o motorista que girava febrilmente a chave do contato.

— Existem quantias bem gordas para comprar os terrenos nos quais vocês trabalham... depois da greve, bem entendido. Podem perguntar, ele é o comprador!

Heurt engatou rapidamente uma primeira, os pneus patinaram no asfalto e o carro funcional do vice-presidente da A&H iniciou uma louca corrida entre os guindastes para escapar da fúria dos estivadores.

Pilguez ordenou a Manca que segurasse os seus homens.

— Depressa, antes que isso vire um linchamento!

O chefe do sindicato fez uma careta, esfregando o joelho.

— Tenho uma artrite terrível — gemeu —, é a umidade dos cais, não posso fazer nada, faz parte da profissão!

E saiu claudicando.

— Vocês dois, não saiam daqui — murmurou Pilguez.

Ele deixou Lucas e Zofia e saiu correndo na direção dos estivadores. Lucas seguiu-o com o olhar.

Quando a sombra do inspetor desapareceu por trás de um trator, Lucas se aproximou de Zofia e tomou as mãos delas nas suas. Zofia hesitou antes de perguntar.

— Você não é um Verificador, é? — disse ela com uma voz cheia de esperança.

— Não, não sei do que você está falando!

— E também não faz mais parte do governo?

— Digamos que eu trabalho para alguma coisa... parecida. Mesmo assim, lhe devo outras explicações.

Um barulho de chapa metálica ressoou ao longe. Lucas e Zofia se olharam e ambos correram na direção de onde vinha o ruído.

— Se conseguirem pegá-lo, não garanto pela vida dele! — disse Lucas, correndo em pequenas passadas.

— Então reze para que não aconteça — respondeu Zofia, alcançando-o.

— Ora, de qualquer jeito é uma vida que não vale muito! — replicou Lucas, duas passadas à frente.

Zofia o ultrapassou de novo.

— Apesar de tudo, você tem muito fôlego!

— Falando de fôlego, o meu é inesgotável!

Ele fez uma careta e redobrou os esforços para retomar a frente na chicana, que se delineava entre duas pilhas de contêineres. Zofia acelerou o passo para impedir que ele a alcançasse.

— Eles estão ali — disse ela, sem fôlego, mas ainda na frente.

Lucas acelerou para se juntar a ela. Ao longe, uma fumaça branca saía pela grade da frente do Jaguar, espetado no garfo de uma empilhadeira. Zofia inspirou profundamente para manter o ritmo.

— Eu cuido dele, e você dos estivadores... assim que conseguir me alcançar — disse ela tomando um novo impulso.

Zofia contornou a turba compacta que cercava a carcaça do veículo sem se virar para não perder alguns preciosos segundos. Ela se deliciava só de pensar na cara que Lucas devia fazer atrás dela.

— Isso é ridículo! Que eu saiba não estamos apostando uma corrida! — ela o ouviu gritar três passadas atrás.

A platéia estava em silêncio e contemplava o carro vazio. Um dos estivadores chegou correndo: o guarda não vira ninguém passar em frente à guarita, Ed ainda estava preso no cais e, certamente, se escondia num contêiner. A assembléia se dispersou, cada um foi numa direção, decidido a ser o primeiro a encontrar o fugitivo. Lucas se aproximou de Zofia.

— Não queria estar no lugar dele!

— Na verdade, parece que isso o deixa alegre! — respondeu ela, irritada. — É melhor me ajudar a localizá-lo antes deles!

— Agora estou meio sem fôlego, e de quem é a culpa?

— Mas que deslealdade! — disse Zofia, ameaçadora, pondo as mãos na cintura. — Quem começou?

— Você!

A voz de Jules os interrompeu.

— A conversa de vocês parece apaixonante, porém, se pudessem continuá-la mais tarde, talvez pudéssemos salvar uma vida. Sigam-me!

Jules explicou que Ed havia saído do carro logo depois da colisão e correra na direção da saída do porto. A matilha estava perigosamente próxima quando ele passou pelo arco nº 7.

— Onde ele está? — preocupou-se Zofia, andando ao lado do velho mendigo.

— Embaixo de uma pilha de trapos!

Não fora fácil para Jules convencê-lo a se esconder no seu saco de roupas.

— Poucas vezes vi alguém tão antipático! Acreditam que ele bancou o difícil? — continuou Jules, reclamando. — Quando mostrei a água onde os estivadores o fariam tomar banho, a cor da espuma convenceu-o de que minha roupa não era tão suja.

Lucas, que continuava para trás, acelerou o passo para se aproximar deles e murmurou:

— Sim! Foi você!

— Não foi não! — cochichou ela, virando a cabeça.

— Você foi a primeira a acelerar.

— Eu não!

— Ei, vocês dois, já chega — retomou Jules. — O inspetor está ao lado dele. Precisamos encontrar um jeito de tirar esse homem daqui discretamente.

Pilguez lhes fez um sinal com a mão, e os três foram até ele. O inspetor assumiu o comando das operações.

— Eles estão perto dos guindastes, examinando todos os cantos, e não vão demorar a chegar aqui! Será que um de vocês consegue ir buscar o carro sem se fazer notar?

O Ford estava estacionado num lugar ruim, Zofia, provavelmente chamaria a atenção dos estivadores se fosse buscá-lo. Lucas continuou mudo, traçando um círculo com a ponta do pé no chão empoeirado do cais.

Com o olhar, Jules mostrou para Lucas o guindaste que depositava nas docas, não muito longe deles, um Chevrolet Camaro num estado deplorável. Era a sétima carcaça que ele tirava das águas.

— Eu sei muito bem onde conseguir alguns carros bem perto daqui, só que os motores fazem uns esquisitos glub-glub quando se dá a partida! — soprou o velho mendigo no ouvido de Lucas.

Sob o olhar interrogativo do inspetor Pilguez, Lucas se afastou, reclamando:

— Vou conseguir o que precisam!

Ele voltou três minutos depois ao volante de um Chrysler espaçoso, estacionando-o diante do arco. Jules avançou com o saco de roupa sobre rodas e Pilguez e Zofia ajudaram Heurt a sair. O vice-presidente se deitou no banco de trás e Jules o cobriu totalmente com um de seus cobertores.

— E faça o favor de mandar lavar este cobertor antes de me devolver! — acrescentou ele, batendo a porta do carro.

Zofia se instalou ao lado de Lucas. Pilguez se encostou na janela dela.

— Não demorem!

— Deixamos ele na delegacia? — perguntou Lucas.

— Pra quê? — respondeu o policial, irritado.

— Não vai processá-lo? — perguntou Zofia.

— A única prova que eu tinha era um pequeno cilindro de cobre com dois centímetros de comprimento, e tive de entregá-lo para livrar vocês da confusão! Afinal — acrescentou o inspetor, erguendo os ombros —, evitar a sobretensão... é para isso que serve um fusível, né? Vamos, saiam!

Lucas engatou a marcha e o carro se afastou numa nuvem de poeira. Enquanto ele ia pelo cais, a voz sufocada de Ed se fez ouvir:

— Você vai me pagar, Lucas!

Zofia levantou uma ponta do cobertor, revelando o rosto escarlate de Heurt.

— Não estou certa de que este seja o momento adequado — disse ela com uma voz circunspecta.

Porém, o vice-presidente, num piscar de olhos incontrolável, acrescentou, dirigindo-se a Lucas:

— É o seu fim, Lucas, você não tem idéia do meu poder!

Lucas puxou o freio, o carro deslizou por vários metros. Com as duas mãos no volante, Lucas se virou para Zofia:

— Desça!

— O que vai fazer? — perguntou ela, preocupada.

O tom de voz que ele usou para reiterar a ordem não dava margem à discussão. Ela desceu e o vidro da janela foi fechado, guinchando. Pelo retrovisor, Heurt viu os olhos sombrios de Lucas que pareciam cada vez mais escuros.

— É você que não conhece o meu poder, meu chapa! — disse Lucas. — Mas não se preocupe, vou mostrá-lo agora mesmo!

Ele tirou a chave do contato e saiu do veículo. Nem bem dera um passo, todas as portas se trancaram. O motor começou a funcionar, aumentando progressivamente de rotação, e quando Heurt se levantou, o ponteiro do mostrador no centro do painel já mostrava 4.500 giros por minuto. Os pneus patinavam no asfalto sem que o carro saísse do lugar. Lucas cruzou os braços, preocupado, e murmurou:

— Alguma coisa não está funcionando, mas o quê?

Zofia se aproximou e sacudiu-o sem nenhuma consideração.

— O que está fazendo?

Dentro do carro, Ed sentiu-se como se fosse agarrado por uma força invencível que o mantinha preso ao banco. O encosto do carro foi brutalmente arrancado do encaixe e atirado no vidro traseiro. Para lutar contra a força que o puxava para trás, Heurt agarrou ao cinto de couro do banco, a costura rasgou e a correia cedeu. Em desespero, ele segurou a maçaneta da porta, mas era tão fortemente aspirado que suas articulações ficaram azuis antes que ele desistisse da vã resistência. Quanto mais Ed lutava, mas ele recuava. O corpo estava sendo comprimido por um peso incomensurável, ele afundava inexoravelmente para dentro do porta-malas. Suas unhas arranharam o couro sem maior sucesso; assim que ele entrou no porta-malas, o encosto do banco voltou ao lugar e a força desapareceu. Agora, Ed estava no escuro. No painel, o ponteiro do conta-giros ricocheteava no lado extremo do mostrador. Do lado de fora, o ronco do motor se tornara ensurdecedor. Sob as rodas fumegantes, a borracha deixava grossas marcas pretas, o carro todo tremia. Ansiosa, Zofia se precipitou para liberar o passageiro; o interior do carro estava vazio, ela entrou em pânico e se virou para Lucas, que triturava a chave do contato, parecendo preocupado.

— O que fez com ele? — perguntou Zofia.

— Está no porta-malas — respondeu Lucas, absorto. — Alguma coisa não está funcionando direito... o que estou esquecendo?

— Você está muito doente! Se os freios se soltarem...

Zofia não teve o prazer de terminar a frase. Visivelmente aliviado, Lucas balançou a cabeça e estalou os dedos. Dentro do carro, a alavanca do freio de mão se soltou e o veículo precipitou-se na água. Zofia correu para a beirada do cais, concentrou-se na traseira do veículo, que ainda boiava na água: a tampa do porta-malas se abriu e o vice-presidente chafurdou nas águas viscosas que beiravam o cais 80. Boiando como um bujão à deriva, Ed Heurt se afastou, nadando desajeitadamente em direção à escada de pedra, cuspindo tudo o que podia. O carro afundou, arrastando com ele os grandes projetos imobiliários de Lucas. Na calçada, ele mostrava um ar embaraçado nos cantos dos olhos, como uma criança que se pega em flagrante.

— Não está com um pouquinho de fome? — disse à Zofia, que vinha na direção dele, num passo determinado. — Com tudo isso, ficamos sem almoço, né?

Ela o fuzilou com o olhar.

— Quem é você?

— É meio difícil de explicar — respondeu, embaraçado.

Zofia arrancou as chaves da mão dele.

— Por acaso você é filho do diabo ou é o seu melhor aluno para conseguir fazer truques como esses?

Com a ponta do pé, Lucas traçou uma linha reta exatamente no meio do círculo que ele havia desenhado na poeira. Ele abaixou a cabeça e respondeu, embaraçado:

— Você ainda não compreendeu?

Zofia recuou um passo, depois dois.

— Sou o enviado dele... a elite!

Ela pôs a mão na boca para sufocar um grito.

— Você não... — murmurou, olhando Lucas uma última vez antes de fugir em disparada.

Ela o ouviu gritar o seu nome, mas as palavras de Lucas não eram mais do que algumas sílabas retalhadas pelo vento.

— E, merda, você também não me disse a verdade! — disse Lucas apagando, enraivecido, o círculo com o pé.

*
* *

No seu imenso escritório, Lúcifer desligou o monitor de controle, o rosto de Lucas se transformou num minúsculo ponto branco que desapareceu no centro da tela. Satã se virou na cadeira e apertou o botão do interfone.

— Chamem Blaise, imediatamente!

*
* *

Lucas foi até o estacionamento e saiu das docas a bordo de um Dodge cinza-claro. Depois de atravessar a barreira, ele procurou no fundo dos bolsos um pequeno cartão de visita, e prendeu-o no pára-sol. Pegou o celular e digitou o número da única jornalista que ele havia conhecido biblicamente. Amy atendeu no terceiro toque.

— Ainda não sei por que você saiu zangada! — disse ele.
— Não esperava que ligasse, acabou de marcar um ponto.
— Preciso de um favor!
— Acabou de perder o ponto! E o que eu ganho com isso?
— Digamos que tenho um presente para você!
— Se são flores, pode ficar com elas!
— Um furo jornalístico!
— Que você quer que eu publique, imagino!
— É, alguma coisa no gênero.
— Só se a dica vier acompanhada de uma noite tão ardente quanto a última.
— Não, Amy, isso não é possível!
— E se eu abdicar do banho, ainda é não?
— Ainda!
— Uma coisa que me deixa desesperada é quando caras como você se apaixonam!
— Ligue o seu gravador, é a respeito de um certo magnata da área imobiliária cujas desventuras farão de você a mais feliz das jornalistas!

O Dodge seguia pela 3rd Street; Lucas terminou a ligação e entrou na Van Ness, subindo em direção a Pacific Heights.

*
* *

Blaise deu três batidas na porta, enxugou as mãos úmidas na calça e entrou.

— Pediu para me ver, *Presidente*?

— Precisa sempre fazer perguntas idiotas, cujas respostas você já conhece? Fique de pé!

Blaise se levantou, terrivelmente preocupado. O *Presidente* abriu a gaveta e fez deslizar até a outra ponta da mesa uma pasta vermelha. Blaise foi buscá-la correndo e voltou em seguida, para se plantar diante do mestre:

— Na sua opinião, imbecil, eu fiz você vir até aqui para vê-lo andar pelo meu escritório? Abra a pasta, cretino!

Nervoso, Blaise desdobrou a capa de papelão e logo reconheceu a foto em que Lucas abraçava Zofia.

— Poderia usá-la para o nosso cartão de fim de ano, mas está faltando uma legenda! — acrescentou Lúcifer, dando um soco na mesa. — Imagino que poderá escrevê-la, já que foi você quem escolheu o nosso melhor agente!

— Fantástica essa foto, não? — murmurou Blaise, que suava pelo corpo inteiro.

— Nesse caso — retomou Satã, esmagando o cigarro na mesa de mármore — ou o seu humor vai além de qualquer entendimento ou alguma coisa inteligente está fora do alcance da minha percepção.

— O senhor não acha, *Presidente*, que... mas não... afinal... veja só! — emendou Blaise numa voz afetada. — Tudo isso estava previsto e está totalmente sob controle! Lucas tem talentos inimagináveis, decididamente ele é incrível!

Satã tirou outro cigarro do bolso e acendeu-o. Inalou uma profunda baforada e soltou a fumaça na cara de Blaise.

— Cuidado com o que vai me contar...

— Visamos o xeque-mat... ou melhor, estamos prestes a tomar a rainha do adversário.

Lúcifer se levantou e foi até à enorme janela envidraçada. Pôs as duas mãos no vidro e refletiu por alguns instantes.

— Pare com as suas metáforas, detesto isso. Espero que esteja dizendo a verdade... as conseqüências de uma mentira seriam infernais para você.

— Não lhe daremos nenhuma preocupação! — gemeu Blaise, se retirando na ponta dos pés.

Assim que se viu sozinho, Satã voltou a se sentar na extremidade da longa mesa. Ele ligou o monitor de controle.

— Mesmo assim, vamos verificar duas ou três coisas — resmungou, apertando novamente o botão do interfone.

*
* *

Lucas ia com o carro pela Van Ness, diminuindo a velocidade, olhou para os lados na interseção da Pacific Street, abriu a janela, ligou o rádio e pegou um cigarro. Ao passar sob os pilares da Golden Gate, desligou o rádio, jogou fora o cigarro, fechou a janela e continuou em silêncio na direção de Sausalito.

*
* *

Zofia parou o Ford no estacionamento subterrâneo. Subiu as escadas e chegou à superfície na Union Square. Atravessou o pequeno parque e andou sem destino. Na alameda em diagonal, sentou-se num banco onde uma moça chorava. Ela perguntou o que havia de errado, porém, antes de ouvir a resposta, sentiu a tristeza lhe apertar a garganta.

— Sinto muito — disse ela, se afastando.

Zofia andou sem rumo pelas calçadas, perambulou pelas vitrines das lojas caras. Ela viu a porta giratória do grande magazine Macy's e sem se dar conta passou pela roleta. Mal havia entrado, uma vendedora, vestida de cima a baixo com um uniforme amarelo-canário, generosamente se ofereceu para borrifar-lhe a última fragrância da moda, *Canary Wharf*. Zofia recusou educadamente com um sorriso apagado e perguntou onde poderia achar o perfume *Habit Rouge*.

A jovem demonstradora nem procurou disfarçar sua irritação.

— Segundo balcão à direita! — disse ela, dando de ombros.

Quando Zofia se afastou, a vendedora borrifou duas vezes o *spray* de perfume amarelo nas costas dela.

— Os outros também têm o direito de existir!

Zofia se aproximou da gôndola. Pegou timidamente o frasco de demonstração, desatarraxou a tampa retangular e pôs duas gotas do lado de dentro do pulso. Levou a mão perto do rosto, inspirou o aroma sutil e fechou os olhos. Sob as suas pálpebras fechadas a leve bruma que ondulava sob a Golden Gate se dirigia para o norte, para Sausalito: na calçada deserta, um homem de terno preto andava sozinho à beira do mar.

A voz de uma vendedora trouxe-a de volta ao mundo. Zofia olhou em seu redor. As mulheres, com os braços carregados de sacos com laços de fita, andavam por todos os corredores.

Zofia abaixou a cabeça, pôs o frasco de volta no lugar e saiu da loja de departamentos. Depois de pegar o carro, ela foi para o centro de formação para cegos. A lição do dia não passou de um silêncio, os alunos a respeitaram durante toda a aula. Quando a sineta tocou, ela saiu da cadeira empoleirada em cima do estrado e disse simplesmente "obrigada" antes de sair da sala. Zofia voltou para casa e encontrou um grande vaso que ornamentava o *hall* de flores suntuosas.

— Impossível subir com ele até o seu apartamento! — disse Reine abrindo a porta. — Você gostou? Alegrou a entrada, né?

— É — disse Zofia, mordendo os lábios.

— O que houve?

— Reine, você não é do tipo que diz "eu bem que avisei", é?

— Não, esse não é o meu tipo!

— Então, poderia fazer o favor de levar esse buquê para a sua casa? — perguntou Zofia com uma voz frágil.

Ela subiu imediatamente. Reine a viu fugir pela escada; quando Zofia sumiu do seu campo de visão, ela murmurou:

— Eu bem que disse!

Matilde largou o jornal e olhou para a amiga.

— Seu dia foi bom?

— E o seu? — respondeu Zofia, deixando a bolsa junto do porta-casacos.

— Isso é que é resposta! Veja só, pela sua cara, a pergunta não era urgente.

— Estou cansada, Matilde!

— Venha se sentar na minha cama!

Zofia obedeceu. Quando se jogou no colchão, Matilde gemeu.

— Sinto muito — disse Zofia, se levantando. — Então, e o seu dia?

— Emocionante! — replicou Matilde, fazendo uma careta. — Abri a geladeira, soltei um belo impropério, você conhece o meu humor, o que fez um tomate explodir de rir e, então, passei o resto da tarde lavando a salsinha com um xampu!

— Sentiu muita dor hoje?

— Só na minha aula de aeróbica! Você pode sentar-se, mas, agora, com delicadeza.

Matilde olhou pela janela e disse, em seguida, para Zofia:

— Continue de pé!

— Por quê? — perguntou Zofia, intrigada.

— Porque você vai se levantar em dois minutos — respondeu Matilde, sem desviar o olhar.

— O que está acontecendo?

— Não posso acreditar que ele vá recomeçar! — ironizou Matilde.

Zofia arregalou os olhos e deu um passo para trás.

— Ele está lá embaixo?

— Como é encantador, se ao menos esse aí fosse o irmão gêmeo, haveria um para mim! Ele está esperando por você sentado no capô do carro, com flores, vamos, desça! — disse Matilde, já sozinha na sala.

Zofia estava na calçada. Lucas se levantou e entregou com as duas mãos o nenúfar avermelhado que se mantinha altivamente plantado num vaso de terracota.

— Continuo não sabendo quais são as suas flores preferidas, mas, pelo menos, estas incitam você a falar comigo!

Zofia o encarou sem nada dizer. Ele avançou para perto dela.

— Peço que, pelo menos, me dê uma oportunidade de explicar.

— Explicar o quê? — disse ela. — Não há mais nada a explicar.

Zofia lhe deu as costas, entrou em casa, parou no meio do *hall*, deu meia-volta, saiu de novo para a rua, andou até ele sem pronunciar uma única palavra, pegou o nenúfar e voltou para casa. Ela entrou e bateu a porta. Reine lhe barrou o acesso à escada e confiscou a flor aquática.

— Eu cuido dela e dou três minutos para você subir e se arrumar. Bancar a gostosa e a difícil é muito feminino, mas não se esqueça de que o contrário de tudo é nada! E nada não é lá grande coisa... ande, suma!

Zofia quis replicar, mas Reine pôs as mãos na cintura e afirmou num tom autoritário:

— Nem mas nem meio mas!

Ao entrar no apartamento, Zofia se dirigiu para o armário.

— Não sei por quê, mas assim que o vi imaginei um presunto com purê de batatas num *tête-à-tête* com Reine esta noite — disse Matilde, admirando Lucas pela janela.

— E daí? — replicou Zofia, nervosa.

— Daí que cada um se vira como pode, não é?

— Não me atormente, Matilde, não é o momento certo.

— Essa não, minha cara, você entrou nessa tormenta sozinha!

Zofia tirou a capa do porta-casacos e se dirigiu para a porta sem responder à amiga, que lembrou com uma voz sincera:

— As histórias de amor acabam sempre dando certo!... Exceto para mim.

— Quer fazer o favor de parar com as suas observações? Você não tem a menor idéia do que está falando — respondeu Zofia.

— Se você tivesse conhecido o meu ex, teria uma idéia do que é o inferno! Vá embora, tenha uma boa noite.

Reine pôs o nenúfar em cima de uma mesinha de pé de galo. Olhou-o atentamente e murmurou: "No fundo, até que serve!" Dando uma olhada no seu reflexo do espelho em cima da lareira, arrumou apressadamente o cabelo prateado e dirigiu-se num passo discreto até a entrada. Enfiou a cabeça pelo batente da porta e sussurrou para Lucas que andava de um lado para o outro da calçada: "Ela já vem!" Em seguida, entrou em casa depressa, ao ouvir os passos de Zofia.

Zofia se aproximou do sedã lilás no qual Lucas estava encostado.

— Por que veio aqui? O que quer?

— Uma segunda chance!

— Nunca se tem uma segunda chance de causar a primeira boa impressão!

— Esta noite darei um jeito de provar para você que isso não é verdade.

— Por quê?

— Porque sim.

— É uma resposta meio curta!

— Porque fui novamente a Sausalito hoje à tarde — disse Lucas.

Zofia o olhou, era a primeira vez que descobria uma fragilidade nele.

— Eu não queria que anoitecesse — continuou ele. — Não, é mais complicado do que isso. "Não querer" sempre fez parte de mim, o que eu estranhei há pouco foi sentir o contrário, pela primeira vez eu quis!

— Quis o quê?

— Ver você, ouvir você, falar com você!

— E, além disso, o que mais? Que eu ache uma razão para acreditar em você?

— Deixe-me levá-la, não recuse este jantar.

— Perdi a fome — disse ela, olhando para baixo.

— Você nunca sentiu fome! Não fui só eu que não contei tudo...

Lucas abriu a porta do carro e sorriu.

— ... Eu sei quem você é.

Zofia olhou para ele e entrou no carro.

Matilde soltou a cortina, que caiu lentamente sobre o vidro. No mesmo instante, outra cortina caía sobre a janela do térreo.

O carro desapareceu no fim da rua deserta. Sob uma fina chuva de outono, eles rodavam sem dizer nada. Lucas guiava devagar, Zofia olhava para fora, procurando no céu as respostas para as perguntas que fazia a si mesma.

— Desde quando você sabe? — perguntou ela.

— Faz alguns dias — respondeu Lucas, constrangido, esfregando o queixo.

— Cada vez melhor! E durante todo esse tempo você não disse nada!

— Você também não disse nada.

— Eu não sei mentir!

— E eu não fui programado para dizer a verdade!

— E como eu posso não pensar que você tramou tudo, que me está manipulando desde o começo?

— Porque isso seria subestimar a si mesma. E, depois, poderia muito bem ser o inverso, todos os contrários existem! Parece que a situação atual me dá razão.

— Que situação?

— Toda essa serenidade estranha e que nos invade. Você, eu, neste carro, sem sabermos aonde ir.

— O que quer fazer? — perguntou Zofia, com o olhar ausente, voltado para os pedestres que desfilavam nas calçadas úmidas.

— Não tenho a menor idéia. Ficar ao seu lado.

— Pare com isso!

Lucas pisou no freio e o carro deslizou no asfalto molhado, terminando a sua trajetória embaixo de um sinal.

— Senti a sua falta a noite inteira, e o dia inteiro. Fui novamente a Sausalito, com saudades de você, mas lá também senti a sua falta; senti a sua falta e isso foi bom.

— Você não conhece o significado dessas palavras.

— Eu só conhecia o antônimo delas.

— Pare de me fazer a corte!

— Queria que, finalmente, nos tratássemos com mais intimidade!

Zofia não respondeu. O sinal ficou amarelo, depois verde, depois amarelo, e depois vermelho. O limpador de pára-brisa varria a chuva, cadenciando o silêncio.

— Além do mais, eu não lhe estou fazendo a corte! — disse Lucas.

— Eu não disse que você a fazia mal — respondeu Zofia, meneando ostensivamente a cabeça —, eu disse que você fazia, é diferente!

— E posso continuar? — perguntou Lucas.

— Estamos sendo atacados com sinais de farol.

— Eles têm de esperar, está vermelho!

— É, está, pela terceira vez!

— Não entendo o que está acontecendo comigo, aliás não estou entendo mais nada, só sei que me sinto bem perto de você e que essas palavras também não fazem parte do meu vocabulário.

— Ainda é cedo para dizer essas coisas.

— Além do mais, tem hora certa para se dizer a verdade?

— Tem, tem sim!

— Nesse caso, preciso mesmo de ajuda; ser sincero é ainda mais complicado do que eu pensava!

— Sim, é difícil ser honesto, Lucas, muito mais do que você imagina, e geralmente é ingrato e injusto, mas não ser honesto é o mesmo que enxergar e fingir que é cego. Tudo isso é muito complicado para explicar. Somos muito diferentes um do outro, realmente muito diferentes.

— Complementares — disse ele, esperançoso. — Nesse aspecto, concordo com você!

— Não, realmente diferentes!

— E dizer que essas palavras saem da sua boca... Eu acreditava que...

— Agora você acredita?

— Não seja maldosa. Eu pensava, em todo o caso, que a diferença... mas eu devia estar enganado, ou talvez eu tivesse razão, o que, paradoxalmente, é desolador.

Lucas saiu do carro, deixando a porta aberta. O ruído das buzinas aumentou quando Zofia saiu correndo atrás dele, debaixo da chuva. Ela o chamava, mas ele não a ouvia, a chuva havia aumentado de intensidade. Finalmente, ela o alcançou e o agarrou pelo braço, ele se virou e a encarou. O cabelo de Zofia estava grudado no rosto, ele afastou delicadamente uma mecha rebelde da comissura dos lábios dela, mas foi repelido.

— Nossos mundos não têm nada em comum, nossas crenças são heterogêneas, nossas esperanças divergem, nossas culturas estão muito afastadas... aonde você quer que a gente vá, quando tudo em nós é o oposto?

— Você está com medo! — disse ele. — É isso, está petrificada de medo. Contra os seus princípios, é você quem se recusa a ver, você que agora há pouco falava de cegueira e de sinceridade. Você prega a boa palavra ao longo do dia, mas sem os atos, os sermões não são nada. Não me julgue, é verdade, eu sou o seu oposto, o seu contrário, a sua dessemelhança, mas sou também a sua semelhança, a sua outra metade. Eu não saberia descrever para você o que estou sentindo, porque não conheço as palavras para qualificar o que me persegue há dois dias, a ponto de me fazer acreditar que tudo poderia mudar, o meu mundo, como você dizia, o seu, o deles. Estou pouco ligando para as lutas que travei, não quero saber das minhas noites escuras e dos meus domingos, eu sou um imortal que pela primeira vez tem vontade de viver. Poderíamos ensinar um ao outro, nos descobrir mutuamente, e acabaríamos ficando parecidos... com o tempo.

Zofia pôs um dedo na boca de Lucas para interrompê-lo:

— O tempo de dois dias?

— ... E três noites! Mas elas valem uma parte da minha eternidade — retomou Lucas.

— Lá vem você de novo!

Um trovão explodiu no céu, a chuva se transformou numa tempestade ameaçadora. Ele levantou a cabeça e olhou a noite, escura como nunca.

— Apresse-se — disse ele num tom determinado —, precisamos sair daqui imediatamente, estou com um péssimo pressentimento.

Em seguida, ele arrastou Zofia. Assim que as portas foram fechadas, ele avançou o sinal, deixando os motoristas amontoados para trás, e seguiu, protegido dos olhares indiscretos, pelo túnel que passava sob a colina. O subterrâneo estava deserto, Lucas acelerou na longa linha reta que desembocava nas portas de Chinatown. Os tubos de néon desfilavam acima do pára-brisa, iluminando o interior do carro de luzes brancas intermitentes. Os limpadores de pára-brisas se imobilizaram.

— Provavelmente, um mau contato — disse Lucas no momento em que as lâmpadas dos faróis explodiam simultaneamente.

— Vários maus contatos! — retorquiu Zofia. — Pare, não dá para ver quase nada.

— Eu adoraria — respondeu Lucas, pisando no pedal que quase não oferecia resistência.

Ele tirou o pé do acelerador, mas naquela velocidade o carro não pararia jamais antes do fim do túnel, onde cinco avenidas se cruzavam. Para ele isso não traria nenhuma conseqüência, sabia que era invencível, mas virou a cabeça e considerou Zofia. Numa fração de segundo, ele apertou o volante com toda a força e gritou:

— Segure-se!

Com mão firme, Lucas desviou o carro para jogá-lo contra a grade de segurança que guarnecia a parede ladrilhada e grandes feixes de centelhas vieram lamber o vidro. Duas detonações foram ouvidas: os pneus da frente haviam estourado. O sedã deu uma série de guinadas e ficou atravessado. A frente do carro bateu na grade de segurança e o eixo traseiro se levantou, arrastando o carro numa valsa de piões. O Buick, capotado, deslizava inexoravelmente para a saída do túnel. Zofia cerrou os punhos e, finalmente, o carro parou a apenas alguns metros do cruzamento. Mesmo de cabeça para baixo, Lucas olhou para Zofia e isso bastou para saber que ela nada havia sofrido.

— Não sofreu nada? — perguntou ela.

— Está brincando! — disse ele se limpando.

— Isso é o que se chama uma reação em cadeia! — falou Zofia, se contorcendo para sair da posição pouco confortável.

— Provavelmente, e vamos sair daqui antes que o próximo elo caia em cima da gente — respondeu Lucas, empurrando a porta do carro com um pontapé.

Ele contornou a carcaça fumegante para ajudar Zofia a sair. Assim que ela ficou de pé, ele a pegou pela mão e a arrastou, correndo. Os dois saíram em disparada na direção do centro do bairro chinês.

— Por que corremos desse jeito? — perguntou Zofia.

Lucas continuou sem dizer uma palavra.

— Ao menos posso recuperar a minha mão? — disse ela, ofegante.

Lucas a soltou, libertando-a da sua preensão. Ele parou na entrada de uma ruela escura, iluminada somente por alguns refletores cansados.

— Vamos entrar ali — disse Lucas mostrando um pequeno restaurante —, ficaremos menos expostos.

— Expostos a quê, o que está acontecendo? Você parece uma raposa de tocaia, perseguida por uma matilha de cães.

— Vamos, rápido!

Lucas abriu a porta, mas Zofia não se mexeu um centímetro, ele veio até ela para levá-la para dentro, ela resistiu.

— Esse não é momento! — disse ele, puxando-a pelo braço.

Zofia se libertou num piscar de olhos e empurrou-o.

— Você acabou de nos envolver num acidente, me arrastou numa corrida louca, sendo que ninguém nos perseguia, meus pulmões estão prestes a explodir e nenhuma explicação...

— Siga-me, não temos tempo para discutir.

— Por que eu confiaria em você?

Lucas recuou na direção da casinha. Zofia, que o observava, hesitou e acabou indo atrás dele. A sala era minúscula, tinha oito mesas. Ele escolheu a do fundo, ofereceu-lhe uma cadeira e também se sentou. Lucas não abriu o cardápio que o homem idoso, num traje típico, apresentava, e educadamente pediu, num perfeito mandarim, uma decocção que não estava no *menu*. O homem inclinou-se e desapareceu em direção à cozinha.

— Ou você me explica o que está acontecendo, Lucas, ou eu vou embora!

— Acho que acabei de receber um aviso.

— Não foi um acidente? Sobre o que lhe querem avisar?

— Sobre você!

— Mas por quê?

Lucas inspirou antes de responder:

— PORQUE ELES PREVIRAM TUDO, EXCETO QUE NOS ENCONTRARÍAMOS!

Zofia pegou um salgadinho de camarão de uma tigela de porcelana azul e mordeu-o devagar sob o olhar perplexo de Lucas. Ele lhe serviu uma xícara do chá fumegante que o velho pusera na mesa.

— Queria muito acreditar em você, mas o que faria no meu lugar?

— Eu me levantaria e iria embora daqui...

— Lá vem você de novo!

— ... e de preferência pela porta dos fundos.

— É isso o que você gostaria que eu fizesse?

— De jeito nenhum! Sem se virar por nenhum motivo, levante-se quando eu contar três e vamos correr para trás da cortina. Agora!

Ele a pegou pelo braço e arrastou-a com toda a força. Atravessando a cozinha em disparada, ele forçou com o ombro a porta que abria para os fundos. Para abrir passagem, empurrou uma lata de lixo, cujas rodas rangeram. Finalmente Zofia compreendeu: uma silhueta se destacava na escuridão. À sombra projetada pela luz de uma lanterna se juntava a de uma arma automática apontada para eles. Zofia levou alguns segundos para constatar com um rápido olhar que estavam cercados por três muros, cinco tiros rasgaram o silêncio.

Lucas se atirou sobre ela para fazer um paredão com o seu corpo. Ela quis empurrá-lo, mas ele apertou-a contra o muro que os cercava.

O primeiro tiro ricocheteou na coxa dele; o segundo resvalou no alto da bacia, ele dobrou os joelhos, mas se ergueu imediatamente; o terceiro impacto acertou as costelas, a ferida foi impressionante; o quarto projétil fez o mesmo no meio da coluna vertebral, ele perdeu o fôlego e com dificuldade voltou a respirar. Quando o quinto projétil o atingiu, foi como uma chama que lhe queimasse a carne: a quinta bala foi a primeira a penetrar no seu corpo... sob o ombro esquerdo.

O agressor fugiu em seguida, depois de cometer o crime. Quando o eco das deflagrações cessou, apenas a respiração de Zofia quebrava o silêncio. Ela apertava Lucas nos braços, a cabeça dele repousava no ombro dela. Com os olhos fechados, parecia que ele ainda sorria para ela. Zofia embalava o corpo inerte e lhe murmurava no ouvido:

— Lucas?

Ele não respondeu, ela o sacudiu um pouco mais energicamente.

— Lucas, não banque o idiota, abra os olhos!

Com os olhos fechados, ele parecia dormir tão tranqüilamente quanto uma criança vencida pelo sono. E quanto mais o medo a dominava, mais ela o apertava. Quando uma lágrima lhe desceu pelo rosto, ela sentiu uma força desconhecida lhe apertar o peito. Ela teve um sobressalto.

— Isso não pode acontecer conosco, nós já estamos...

— ... Mortos... somos invencíveis.... imortais? Isso mesmo! Mas todo inconveniente tem a sua vantagem, não é? — disse ele se empertigando, quase jovial.

Zofia olhou para ele, incapaz de identificar a alegria que tomava conta dela. Lentamente, ele aproximou o rosto, ela se afastou, até que os lábios de Lucas roçaram os dela, esboçando um beijo com um gosto opiáceo. Ela recuou e olhou a palma avermelhada da própria mão.

— Então, por que está sangrando?

Lucas seguiu o filete vermelho que corria pelo seu braço.

— Isso é totalmente impossível, isso também não estava previsto! — disse ele.

... E desmaiou.

Ela ficou abraçada a ele.

— O que está acontecendo conosco? — perguntou Lucas, voltando a si.

— No que me concerne, é bem complicado! No que concerne a você, acho que uma bala atravessou o seu ombro.

— Está doendo!

— Isso talvez não lhe pareça lógico, mas é uma coisa normal, preciso levá-lo ao hospital.

— Fora de cogitação!

— Lucas, não tenho nenhum conhecimento médico em demonologia, mas parece que você tem sangue e que o está perdendo.

— Conheço alguém do outro lado da cidade que pode costurar essa ferida, para que ela cicatrize — disse ele apertando a ferida.

— Eu também conheço alguém, e você vai seguir-me sem discutir, porque a noite já foi suficientemente movimentada. Acho que já tive a minha parte de emoções.

Zofia o apoiou, levando-o pelo beco. No fim da ruela, ela viu o corpo do agressor que repousava inanimado debaixo de um monte de latas de lixo. Zofia olhou para Lucas, surpresa.

— Tenho um mínimo de amor-próprio, apesar de tudo! — disse Lucas ao passar por ele.

Eles pararam um táxi, que os deixou dez minutos depois em frente à casa dela. Zofia o acompanhou até a escada da entrada e com um sinal avisou que não fizesse barulho. Ela abriu a porta com mil precauções e subiram a escada pé ante pé. Quando chegaram em cima, a porta de Reine se fechou sem ruído.

*
* *

Atônito atrás da sua mesa, Blaise desligou o monitor de controle. As suas mãos pingavam, a testa gotejava um suor abundante. Quando a campainha do telefone tocou, ele ligou a secretária eletrônica e ouviu Lúcifer, que o convidava, com uma voz nada afável, para o comitê de crise que seria realizado no início da noite oriental.

— É do seu interesse chegar na hora, com soluções, e uma nova definição de "tudo foi previsto!" — concluiu o *Presidente*, desligando bruscamente.

Blaise pôs as mãos na cabeça. Tremendo por inteiro, tirou o fone do gancho, que lhe escorregou das mãos.

*
* *

Miguel olhava a parede de monitores à sua frente. Tirou o fone do gancho e digitou o número da linha direta de *Houston*. A secretária eletrônica atendeu. Ele levantou os ombros e consultou o relógio; na Guiana, o Ariane V sairia da rampa de lançamento em dez minutos.

*
* *

Depois de instalar Lucas na sua cama, com o ombro apoiado por duas grandes almofadas, Zofia foi até o armário. Pegou a caixa de costura na prateleira de cima, uma garrafa de álcool no armário de remédios do banheiro e voltou para o quarto. Sentou-se perto dele, destampou o frasco e molhou a linha de costura no desinfetante. Em seguida, tentou passar a linha no buraco da agulha.

— Seu cerzido vai ser um massacre — disse Lucas sorrindo, zombeteiro. — Você está tremendo!

— De jeito nenhum! — respondeu Zofia triunfante, já que, finalmente, a linha havia passado pelo buraco da agulha.

Lucas pegou a mão de Zofia e afastou-a delicadamente. Acariciou-lhe o rosto e a puxou para si.

— Tenho medo de que a minha presença seja comprometedora para você.

— Devo confessar que as noites na sua companhia são cheias de risco.

— Meu patrão jogou com a sorte.

— Por que ele mandaria atirar em você?

— Para me pôr à prova e fazer com que eu chegasse às mesmas conclusões que você, suponho. Eu jamais deveria ter sido ferido. Perco os meus poderes quando estou em contato com você, e quase chego a pedir para que a recíproca seja verdadeira.

— O que pensa fazer?

— Ele não ousará atacá-la. Sua imunidade angélica faz com que ele reflita.

Zofia olhou Lucas bem dentro dos olhos.

— Não é disso que estou falando; o que faremos dentro de dois dias?

Com a ponta do dedo, ele tocou nos lábios de Zofia, que não o impediu.

— Em que está pensando? — perguntou ela, abalada, retomando a sutura.

— No dia em que o muro de Berlim caiu, homens e mulheres descobriram que as ruas de ambos os lados eram parecidas. Elas eram guarnecidas de casas, os carros circulavam por elas, os postes as iluminavam à noite. As felicidades e desventuras não eram as mesmas, mas tanto as crianças do Oeste como as do Leste concluíram que o lado oposto não era parecido com o que lhes haviam contado.

— Por que está dizendo isso?

— Porque estou ouvindo Rostropovitch tocar violoncelo!

— Que peça? — disse ela, terminando o terceiro ponto da sutura.

— É a primeira vez que eu o ouço! E agora você está me machucando.

Zofia se aproximou de Lucas para cortar a linha com os dentes. Ela pôs a cabeça no peito dele e, dessa vez, ela se entregou. O silêncio os unia. Com a mão em bom estado, Lucas passava os dedos no cabelo de Zofia, cumulando-lhe a cabeça de carícias. Ela estremeceu.

— Dois dias é pouco!

— Sim — sussurrou ela.

— Seremos separados. É inevitável.

E, pela primeira vez, Zofia e Lucas tiveram medo da eternidade.

— Poderíamos negociar para que ele o deixasse partir comigo? — disse Zofia com voz tímida.

— Não se negocia com o *Presidente*, sobretudo quando falhamos, e, de qualquer forma, tenho um grande receio de que o acesso para o seu mundo esteja fora do meu alcance.

— Mas, antes, havia muitos pontos de passagem entre o Leste e o Oeste, não? — disse ela aproximando de novo a agulha da beira da ferida.

Lucas fez uma careta e soltou um grito.

— Ora, como você é sensível, eu mal toquei em você! Ainda tenho de dar alguns pontos!

A porta se abriu repentinamente e Matilde apareceu, apoiada na vassoura que lhe servia de muleta.

— Não tenho culpa se as paredes do seu apartamento são feitas de papel machê — disse ela mancando até eles.

Matilde se sentou no pé da cama.

— Dê-me essa agulha — disse ela, autoritária, à Zofia — e você, chegue mais perto — ordenou a Lucas. — Você está com a maior sorte, eu sou canhota!

Ela costurou a ferida com muita agilidade. Três suturas de cada lado do ombro foram suficientes para fechar a lesão.

— Quando se passa dois anos atrás de um balcão suspeito, adquirimos talentos de enfermeira que nem imaginávamos, sobretudo quando se está apaixonada pelo dono do bordel. Aliás, tenho duas ou três coisas para dizer aos dois, antes de ir deitar. Depois, farei tudo o que estiver ao meu alcance para me convencer de que estou dormindo e de que amanhã de manhã darei a maior gargalhada da minha vida ao pensar no sonho que estou tendo neste momento.

Com a sua muleta improvisada, Matilde saiu andando para o quarto dela. Na soleira da porta, ela se virou para contemplá-los.

— Pouco importa que vocês sejam ou não o que eu acho que são. Antes de encontrá-la, Zofia, eu pensava que a verdadeira felicidade desta Terra só existia nos livros de má qualidade, era assim, é o que parece, que eu a reconhecia. Porém, um dia, você me disse que o pior dentre nós sempre tinha uma asa escondida em algum lugar, e que devíamos ajudá-lo a abri-las em vez de condená-lo. Então, dê a você mesma uma oportunidade, porque, se eu tivesse uma chance com ele, pode ter certeza, minha cara, eu não a deixaria passar. Quanto a você, o grande ferido, se machucá-la, nem que seja com uma pluma, eu refaço os pontos da sua sutura com agulhas de tricô. E não façam essa cara! O que quer que tenham de enfrentar, proíbo terminantemente aos dois de darem pra trás, porque, se desistirem, o mundo inteiro vai desabar, ou, pelo menos, o meu!

Ela bateu a porta ao passar. Lucas e Zofia permaneceram mudos. Eles escutaram o passo dela que claudicava no piso da sala. Da cama, Matilde gritou:

— Há muito tempo que eu digo que com a sua cara de santinha do pau oco você parecia um anjo! Agora, pode guardar para si mesma esse seu jeito de pouco-caso, eu não sou tão imbecil assim!

Pegando o interruptor do abajur que estava na mesinha, Matilde puxou o fio com força. O disjuntor pulou imediatamente. A luz da lua foi filtrada através da cortina transparente de todas as janelas do apartamento. Matilde afundou a cabeça no travesseiro. No seu quarto, Zofia se agarrou a Lucas.

O som dos sinos da Grace Cathedral entrou pela janela entreaberta do banheiro. A décima segunda badalada ressoou acima da cidade.

Houve tarde, houve manhã...

5

Quinto Dia

A aurora do quinto dia surgia e os dois ainda dormiam. O frescor do amanhecer entrava com os aromas do outono pela janela aberta. Zofia se enroscou em Lucas. O gemido de Matilde a tirou do sonho agitado. Ela se espreguiçou e, em seguida, ficou petrificada ao perceber que não estava sozinha. Levantou a coberta devagar e saiu da cama, com a mesma roupa da véspera. Pé ante pé, ela foi para a sala.

— Está com dor?

— Apenas uma má posição e uma dor violenta, sinto muito, não queria acordá-la.

— Não tem importância, eu não estava dormindo mesmo. Vou preparar um chá para você.

Ela se dirigiu para o canto da cozinha e contemplou o rosto mal-humorado da amiga.

— Você acabou de ganhar um chocolate quente! — disse, abrindo a geladeira.

Matilde puxou a cortina. Na rua ainda deserta, um homem saía de casa, levando o cachorro pela coleira.

— Eu adoraria ter um labrador, mas só de pensar em levá-lo para passear todas as manhãs eu precisaria de um Prozac intravenoso — disse Matilde, soltando a cortina transparente.

— Somos responsáveis por aquilo que conquistamos, e essa frase não é minha! — comentou Zofia.

— Fez bem em especificar. Vocês têm planos, Luquinhas e você?

— Só nos conhecemos há dois dias! Além do mais, ele se chama Lucas.

— Foi isso o que eu disse!

— Não, não temos planos!

— Bom, isso não pode continuar assim; quando se soma dois, sempre se tem planos!

— E de onde você tirou isso?

— É assim, existem imagens de felicidade que não temos o direito de retocar, podemos colorir, mas não podemos sair fora do traçado! Portanto, um mais um é igual a dois, dois é igual a um casal e um casal é igual a projetos, é assim que funciona e não de outro jeito!

Zofia estourou na gargalhada. O leite subiu na panela, ela o derramou na xícara e mexeu lentamente o chocolate em pó.

— Tome, beba em vez de dizer besteiras — disse ela, levando a bebida fumegante. — Onde você viu um casal?

— Você é desoladora! Faz três anos que ouço você falar de amor e blablablá. De que servem os seus contos de fada se você não aceita o papel de princesa no primeiro dia da filmagem?

— Que metáfora romântica!

— Isso mesmo, e vá metaforizar com ele, se não for incômodo! Estou avisando, se não fizer nada, assim que a minha perna sarar eu o roubo de você, sem nenhuma vergonha.

— É o que veremos! A situação não é tão simples quanto parece.

— Você já viu histórias de amor simples? Zofia, eu sempre a vi sozinha, e era você quem me dizia: "Nós somos os únicos responsáveis pela nossa felicidade". Bom, minha cara, a sua felicidade mede 1,85m, por uns poucos 78 quilos de músculos; portanto, eu lhe peço, não passe, de jeito nenhum, ao lado da felicidade, é embaixo dela que deve passar.

— Ah! Isso é realmente difícil e delicado.

— Não, é pragmático e acho que "felicidade" está acordando, então, é melhor ir vê-lo agora, porque, na verdade, eu queria uma folga, vá, saia da sala, fora!

Zofia meneou a cabeça e foi para o quarto. Sentou-se no pé da cama e ficou observando o despertar de Lucas. O espreguiçar bocejando lhe dava um aspecto felino. Ele entreabriu os olhos. No mesmo instante, seu rosto iluminou-se com um sorriso.

— Está aí há muito tempo? — perguntou ele.

— Como vai o seu braço?

— Quase não sinto mais nada — disse ele, fazendo um movimento de rotação com o ombro, acompanhado de uma careta de dor.

— E numa versão não machista, como vai o seu braço?

— Está doendo pra cachorro!

— Então descanse. Eu queria preparar-lhe alguma coisa, mas não sei o que você come no café da manhã.

— Uns vinte crepes e outro tanto de *croissants*.

— Café ou chá? — perguntou ela, se levantando.

Lucas a contemplou, o rosto dele estava sério, ele a pegou pelo braço e a puxou para si.

— Você já teve a impressão de que o mundo a deixava sozinha para trás, a sensação de que ao olhar para cada canto do cômodo em que você estava o espaço se encolhia, a convicção de que as suas roupas envelheceram durante a noite, de que em todos os espelhos o seu reflexo desempenhava o papel da sua miséria sem nenhum espectador, sem que isso lhe trouxesse algum sentimento bom, de pensar que nada a ama e que você não ama ninguém, de que todo esse nada será apenas o vazio da sua própria existência?

Zofia tocou de leve com as pontas dos dedos nos lábios de Lucas.

— Não pense assim.

— Então não me deixe.

— Eu só ia fazer um café.

Ela se aproximou de Lucas.

— Não sei se a solução existe, mas nós a encontraremos — cochichou ela.

— Não posso deixar este ombro ficar entorpecido. Vá tomar o seu banho, eu cuido do café da manhã.

Ela aceitou de bom grado e desapareceu. Lucas viu a sua camisa pendurada na cabeceira da cama: a manga estava suja de sangue, que ficara preto, e ele a arrancou. Andou até a janela, abriu-a e contemplou os telhados que se estendiam abaixo dele; o apito de nevoeiro de um grande cargueiro soava na baía como se respondesse aos sinos da Grace Cathedral. Ele fez uma bola com o tecido manchado e a jogou bem longe antes de fechar o vidro. Depois deu alguns passos na direção do banheiro e colou o ouvido na porta. O ruído da água escorrendo subitamente o aqueceu, ele inspirou profundamente e saiu do quarto.

— Vou fazer café, você quer? — perguntou à Matilde.

Ela mostrou a xícara de chocolate quente.

— Parei de tomar excitantes com o resto, mas ouvi você falar dos crepes e eu me contentaria com dez por cento do que você conseguir.

— Cinco por cento no máximo — respondeu ele, indo para detrás do balcão —, e só se me disser onde está a cafeteira.

— Lucas, ontem à noite eu ouvi algumas frases soltas da conversa de vocês e, realmente, precisei beliscar-me. Se fosse na época em que eu me drogava, nem me diga... eu nem me questionaria. Mas, agora, não acho que a aspirina possa provocar viagens desse tipo. Portanto, exatamente do que vocês falavam?

— Ambos havíamos bebido, devemos ter dito muitas besteiras, não se preocupe, pode continuar com os antálgicos, sem medo dos efeitos colaterais.

Matilde olhou o paletó que ele usava na véspera pendurado no encosto da cadeira, as costas estavam crivadas de furos de balas.

— E quando tomam um porre, vocês fazem sempre uma competição de tiro ao pombo?

— Sempre! — respondeu ele, abrindo a porta do quarto.

— Em todo o caso, ele está muito bem cortado para ser um paletó de *kevlar*. Pena que o seu alfaiate não tenha reforçado as ombreiras.

— Vou chamar a atenção dele, deixe comigo.

— Eu deixo com você! Bom banho!

Reine entrou no apartamento, pôs o jornal e um grande saco de *pâtisserie* em cima da mesa e viu Matilde sozinha na sala.

— Preparada para fornecer Bed & Breakfast, desde que ninguém critique a apresentação do café da manhã, isso pode prejudicar minha futura clientela, nunca se sabe. Os pombinhos estão acordados?

— No quarto! — disse Matilde, erguendo os olhos para cima.

— Quando eu disse que o contrário de tudo era nada, ela realmente levou ao pé da letra.

— Você não viu o animal de torso nu!

— Não. Mas sabe, na minha idade, isso ou um chimpanzé, não faz muita diferença.

Reine arrumou os *croissants* numa grande travessa, olhando o paletó de Lucas com um ar intrigado.

— Diga para eles não usarem o tintureiro do fim da rua, é o meu! Bom, vou descer!

E ela desapareceu no vão da escada.

Zofia e Lucas se sentaram à mesa para partilharem, os três, a refeição da manhã. Assim que Lucas engoliu a última iguaria, eles arrumaram a cozinha e instalaram Matilde confortavelmente na cama. Zofia decidiu carregar Lucas para a sua jornada, que começava com uma visita às docas. Ela pegou a capa no porta-casacos, Lucas lançou um olhar desgostoso para o paletó em estado deplorável. Matilde fez ele notar que a camisa com uma manga só talvez fosse um pouco original demais para o bairro. Ela guardava uma camisa de homem no meio das suas coisas e poderia emprestá-la, com a condição de que ele prometesse devolvê-la do jeito que a encontrara. Lucas agradeceu. Alguns minutos depois, quando iam sair para a rua, Reine os chamou de volta. Ela estava bem na entrada, com as mãos na cintura, e media Lucas dos pés à cabeça.

— Ao vê-lo desse jeito, temos boas razões para pensar que sua constituição é sólida, mas não vá tentar o diabo pegando frio. Siga-me!

Ela se enfiou pelo apartamento e abriu o velho armário. A porta de madeira rangeu. Reine separou algumas roupas e tirou um paletó pendurado num cabide, entregando-o a Lucas.

— Ele não é mais tão novo, se bem que o príncipe-de-gales nunca sairá de moda, se quer a minha opinião. Além do mais, o *tweed* esquenta!

Ela ajudou Lucas a vestir o casaco, que parecia feito sob medida para ele, tão perfeito lhe caíam os ombros, e olhou para Zofia de soslaio.

— Não procure saber a quem ele pertenceu, está bem? Na minha idade fazemos o que queremos com as nossas lembranças. Reine se dobrou ao meio e se apoiou na beirada da lareira, fazendo uma cara estranha. Zofia correu para ela.

— O que você tem, Reine?

— Um nadinha de nada, só uma dor na barriga, nada para se preocupar.

— Você está pálida e parece cansada!

— Faz dez anos que não tomo sol e, na minha idade, você sabe, a gente acorda cansada de vez em quando. Portanto, não se preocupe.

— Não quer que a levemos a um médico?

— Só faltava essa! Os seus médicos que fiquem na casa deles que eu ficarei na minha! Só assim me dou bem com eles.

Ela fez um sinal com a mão que queria dizer "podem ir, ambos pareciam tão apressados, vão embora daqui".

Zofia hesitou antes de ponderar.

— Zofia?

— O que é, Reine?

— O álbum que você tanto queria ver, acho que ficarei contente em lhe mostrar. Mas essas fotos são um pouco particulares, eu gostaria que você as visse à luz do fim do dia. É a iluminação que as deixa mais bonitas.

— Como queira, Reine.

— Então venha me ver às cinco horas, hoje à tarde, e seja pontual, conto com você.

— Estarei aqui, prometo.

— E agora saiam, os dois, já os atrasei demais com as minhas histórias de mulher velha! Lucas, cuide desse paletó... Eu amava mais do que tudo o homem que o usava.

Quando o carro se afastou, Reine soltou a cortina da janela e praguejou sozinha enquanto arrumava um dos buquês de flores que enfeitava a sua mesa.

— Casa, comida, só faltava a roupa!

Eles desceram a California Street. No sinal que obrigava a parar no cruzamento com a Polk Street eles ficaram ao lado do carro do inspetor Pilguez. Zofia abriu a janela para cumprimentá-lo. Ele escutava o rádio do carro, que lhe passava uma mensagem.

— Não sei o que está acontecendo esta semana, todos estão ficando loucos, é a quinta briga em Chinatown. Preciso ir embora, tenham um bom dia — disse ele ao sair.

O carro do policial virou à esquerda com a sirene ligada, o carro deles parou dez minutos depois na ponta do cais 80.

Eles viram o velho cargueiro se balançar displicentemente na ponta do cordame.

— Acho que tive uma idéia para impedir o inevitável — disse Zofia. — Levar você comigo.

Lucas olhou para ela, preocupado.

— Para onde?

— Para junto dos meus, vá comigo, Lucas!

— Como? Pela graça do Espírito Santo? — respondeu Lucas, irônico.

— Quando não se quer voltar para o próprio patrão, é preciso fazer o contrário do que ele espera de você. Faça com que o ponham para fora!

— Você leu meu currículo? Acha que posso apagá-lo ou reescrevê-lo em quarenta e oito horas? E, de qualquer jeito, acha que a sua família ia acolher-me de braços abertos, com o coração aureolado de boas intenções? Zofia, eu nem terei acabado de atravessar a soleira da porta da sua casa e uma horda de guardas cairá em cima de mim e me mandará de volta para o lugar de onde vim, e duvido que a volta seja de primeira classe.

— Eu dediquei minha alma aos outros, a convencê-los de jamais se resignarem à fatalidade. Agora é a minha vez, a minha vez de desfrutar a felicidade, a minha vez de ser feliz. Ganhar o paraíso é ser dois, e eu o mereci!

— Você está pedindo o impossível, a oposição deles é muito grande, eles nunca deixarão que nos amemos.

— Basta um pouco de esperança, um sinal. Só cabe a você decidir mudar, Lucas, dê-lhes uma prova de boa vontade.

— Eu queria muito que você estivesse dizendo a verdade, e que fosse assim tão fácil.

— Então tente, eu lhe suplico!

Lucas ficou mudo e o silêncio imperou. Ele se afastou alguns passos na direção da roda-de-proa enferrujada do grande navio. A cada estalo das amarras que se esticavam em rangidos selvagens, o *Valparaiso* adquiria o aspecto de um animal que lutava pela liberdade, para escolher a última morada: um belo naufrágio em alto-mar.

— Estou com medo, Zofia.

— Eu também. Deixe-me levá-lo para o meu mundo, guiarei todos os seus passos, ensinarei os seus despertares, inventarei as suas noites, ficarei ao seu lado. Apagarei todos os destinos já traçados, suturarei as suas feridas. Nos seus dias de raiva, amarrarei as suas mãos nas costas, para que não se machuque, colarei minha boca na sua para sufocar os seus gritos e nada, nunca mais, será igual, e se você ficar solitário, ficaremos solitários a dois.

Ele a tomou nos braços, roçou-lhe as faces e acariciou-lhe os ouvidos com o timbre grave da sua voz:

— Se soubesse todos os caminhos que segui para chegar até você. Eu não sabia, Zofia, muitas vezes me enganei, e recomecei todas as vezes, com mais alegria ainda, com mais coragem. Eu queria que o nosso tempo parasse para poder vivê-lo, para conhecê-la e amá-la como você merece, mas esse tempo nos une sem nos pertencer. Eu sou de uma outra sociedade, onde tudo é ninguém, onde tudo é uno; eu sou o mal, você, o bem, eu sou a sua diferença, mas acho que a amo, por isso pode me pedir o que quiser.

— A sua confiança.

Eles saíram da zona portuária e o carro subiu a 3rd Street. Zofia buscou uma grande artéria, um lugar cheio de passantes, atravessado por homens e veículos.

*
* *

Blaise entrou no grande escritório, envergonhado, a tez pálida.

— Você veio para a minha aula particular de xadrez? — bradou o *Presidente*, andando de um lado para o outro ao longo da infinita janela envidraçada. — Defina, novamente, a noção de "mate".

Blaise puxou para si uma grande poltrona preta.

— Fique de pé, cretino! Ou melhor, não, sente-se, quanto menos eu ver você, melhor eu me sinto! Então, para resumir a situação, a nossa elite virou de bordo?

— *Presidente*...

— Cale-se! Ouviu-me pedir para você falar? Você viu na minha boca que os meus ouvidos queriam ouvir o som da sua voz fanhosa?

— Eu...

— Cale a boca!

O *Presidente* havia gritado tão alto que Blaise se encolheu uns bons cinco centímetros.

— Está fora de cogitação o perdermos para a nossa causa — continuou o *Presidente* —, e está fora de cogitação perdermos, ponto final. Eu esperei esta semana por toda a eternidade e não vou deixar você estragar tudo, seu insignificante! Não sei qual era a sua definição de inferno até hoje, mas provavelmente tenho uma nova definição para mostrar a você! Fique calado! Faça de modo que eu não veja seus lábios adiposos se mexerem. Tem algum plano?

Blaise pegou uma folha de papel e rabiscou algumas linhas às pressas. O *Presidente* pegou o bilhete e o leu, afastando-se para a outra ponta da mesa. Se a vitória parecia prejudicada, a partida poderia ser interrompida e ser novamente disputada. Blaise propunha chamar Lucas antes da hora. Louco de raiva, Lúcifer fez uma bola com o papel depois de amassá-lo e jogou-o em cima de Blaise.

— Lucas vai me pagar muito caro. Traga-o aqui antes do anoitecer, e não se atreva a errar desta vez!

— Ele não virá de bom grado.

— Você está dando a entender que a vontade dele é superior à minha?

— Simplesmente estou dando a entender que é preciso que ele morra...

— ... Você esqueceu um pequeno detalhe... isso já foi feito há muito tempo, imbecil!

— Se uma bala pôde atingi-lo, existem outros meios de atingi-lo.

— Então ache-os em vez de falar!

Blaise desapareceu. Era meio-dia. Em cinco horas o dia terminaria, o que lhe dava pouco tempo para redigir os termos de um terrível contrato. Organizar a morte de seu melhor agente não deixava lugar para o acaso.

*
* *

O Ford estava estacionado no cruzamento da Polk com a California, em frente a uma grande área. Naquela hora do dia, a fila de veículos era ininterrupta. Zofia viu um homem idoso que parecia hesitar em se aventurar com a bengala na faixa de pedestres. O tempo para transpor as quatro pistas era muito curto.

— E o que fazemos agora? — disse Lucas, desiludido.

— Ajude-o — respondeu ela, designando o pedestre idoso.

— Está brincando?

— De jeito nenhum.

— Você quer que eu faça um velho atravessar uma avenida? Isso não me parece muito complicado...

— Então faça!

— Está bem, vou fazer — disse Lucas se afastando de costas.

Ele se aproximou do homem e voltou atrás na mesma hora.

— Não vejo que interesse pode ter o que você me pede.

— Prefere começar passando a tarde levantando o moral de pessoas hospitalizadas? Também não é nada complicado, basta ajudá-las a fazer a toalete, procurar saber notícias, tranquilizá-las sobre a evolução do estado de saúde delas, sentar-se numa cadeira e ler o jornal para os doentes...

— Está bem! Vou cuidar do seu cara de defunto!

Ele se afastou de novo... e voltou em seguida para perto de Zofia.

— Estou avisando, se o garoto ali em frente, que está brincando com uma câmera digital que parece um telefone, tirar uma única foto, vou mandá-lo brincar num satélite com um pontapé no rabo!

— Lucas!

— Está bem, está bem, já vou!

Sem nenhuma deferência, Lucas agarrou o braço do homem que o olhava, perplexo.

— Você não veio aqui para contar os carros, que eu saiba! Então, agarre-se à bengala ou vai merecer uma travessia da California Street solitária!

O sinal ficou vermelho e a equipe desceu da calçada. Na segunda listra da faixa de pedestres, a testa de Lucas começou a suar, na terceira ele teve a impressão de que uma colônia de formigas havia escolhido os músculos das suas coxas como domicílio, uma cãibra violenta atacou-o na quarta listra. O coração estava disparado, o ar demorava mais e mais para chegar-lhe aos pulmões. Antes de chegar ao meio da rua, Lucas sufocava. O canteiro central permitia fazer uma parada, de qualquer modo imposta pela cor do farol que ficara verde, assim como o rosto de Lucas.

— Está tudo bem, rapaz? — perguntou o velho senhor. — Quer que o ajude a atravessar? Segure no meu braço, não está muito longe.

Lucas pegou o lenço de papel que ele lhe deu para enxugar o rosto.

— Não posso! — disse ele com voz trêmula. — Não consigo! Sinto muito, sinto muito, sinto muito!

E ele saiu correndo para o carro, onde Zofia o esperava sentada no capô, de braços cruzados.

— Está pensando em deixá-lo ali?

— Por pouco não deixei ali a minha pele! — disse ele, ofegante.

Ela nem escutou o fim da frase e se atirou no meio dos carros, que buzinavam, para chegar ao canteiro central. Zofia agarrou o senhor idoso.

— Estou envergonhada, terrivelmente envergonhada, ele é um iniciante, é a primeira vez que faz isso — disse aflita.

O homem coçou a parte de trás da cabeça, lançando a Zofia um olhar cada vez mais desconfiado. Quando o sinal ficou vermelho, Lucas chamou Zofia.

— Deixe-o aí! — gritou ele.

— O que está dizendo?

— Você ouviu muito bem! Eu fiz a metade do caminho por você, é a sua vez de fazer a outra metade por mim. Deixe-o onde ele está!

— Você ficou louco?

— Não. Lógico! Li num magnífico livro do Hilton que amar é compartilhar, é cada um dar um passo na direção do outro! Você me pediu o impossível, eu o fiz por você, aceite também renunciar a uma parte de você mesma. Deixe o homem aí onde ele está. É o velhinho ou eu!

O velho bateu no ombro de Zofia.

— Não quero interrompê-los, mas, na verdade, vocês vão acabar me atrasando com todas essas histórias. Vá se juntar ao seu amigo!

E sem esperar mais, o homem atravessou a outra metade da avenida.

Zofia achou Lucas encostado no carro, ela estava com um olhar triste. Ele lhe abriu a porta, esperou que ela se sentasse e ocupou o seu lugar ao volante, mas o Ford permaneceu imóvel.

— Não me olhe assim, estou sinceramente consternado por não ter conseguido ir até o fim — disse ele.

Ela inspirou profundamente para responder, pensativa:

— É preciso cem anos para que uma árvore cresça, e apenas alguns minutos para queimá-la...

— Certamente, mas aonde quer chegar?

— Eu vou morar na sua casa, é você quem vai levar-me, Lucas.

— Não está falando sério!

— Bem mais sério do que você imagina.

— Não vou deixar você fazer isso, de jeito nenhum.
— Vou embora com você, Lucas, e ponto final.
— Você não vai conseguir.
— Foi você quem disse para eu não me subestimar. É um verdadeiro paradoxo, mas o seu pessoal me acolherá de braços abertos! Ensina-me o mal, Lucas!

Ele olhou por longo tempo a singular beleza de Zofia. Perdida no silêncio intermediário entre dois universos, ela estava resolvida a fazer uma viagem cujo destino ignorava, mas cuja intenção afastava todo o seu medo. E, pela primeira vez, o desejo se tornou mais forte do que a conseqüência, pela primeira vez, amar adquiria um sentido diferente de tudo o que ela havia imaginado. Lucas saiu com o carro e rodou a toda velocidade para os bairros da cidade baixa.

*
* *

Superexcitado, Blaise tirou o fone do gancho e gaguejou pedindo que lhe passassem o *Presidente*, ou melhor, que o prevenissem da sua visita iminente. Ele enxugou as mãos na calça e tirou a fita cassete do gravador. Andando com passinhos curtos até o fundo do corredor, o mais rápido que as suas pernas curtas lhe permitiam, Blaise parecia um pinto molhado. Logo depois de bater na porta, ele entrou no escritório do *Presidente*, que o recebeu levantando uma das mãos.

— Cale a boca! Já sei!
— Eu tinha razão! — não pôde deixar de dizer o inefável Blaise.

Blaise deu um pulinho de contentamento e bateu na própria mão com força.

— Terá o seu xeque-mate! — ele se rejubilou com uma voz satisfeita. — A minha escolha foi certa, Lucas é o maior gênio! Ele trouxe a elite deles para o nosso lado, que sublime vitória!

Blaise engoliu antes de continuar:

— Temos de interromper o procedimento agora, mas preciso da sua assinatura.

Lúcifer se levantou para andar ao longo da janela envidraçada.

— Meu pobre Blaise, você é tão estúpido que, de vez em quando, eu me pergunto se a sua presença aqui não é um erro da administração. A que horas será executado o nosso contrato?

— A explosão ocorrerá às dezessete horas em ponto — respondeu ele, consultando, ansioso, o relógio.

... O que lhes dava exatamente quarenta e dois minutos para anular a operação que, habilmente, Blaise havia preparado.

— Não podemos perder nem um minuto, *Presidente*!

— Temos todo o tempo pela frente, vamos garantir a nossa vitória sem **correr** nenhum risco de que haja uma remissão. Não vamos mudar nada do que estava previsto... exceto por um detalhe... — acrescentou Satã, coçando o queixo. — Traremos os dois às cinco em ponto!

— E qual será a reação do nosso adversário? — perguntou Blaise, menos agitado.

— Acidente é acidente! Que eu saiba, não fui eu quem inventou o acaso! Prepare uma recepção para a chegada deles, você só tem quarenta minutos!

*
* *

Há muito tempo, o cruzamento da Broadway com a Colombus Avenue era o lugar predileto de todos os vícios do gênero humano. As drogas, os corpos das mulheres e dos homens abandonados pela vida ali eram comercializados, longe dos olhares indiscretos. Lucas estacionou na entrada de um beco estreito e escuro. Embaixo de uma escada arrebentada, uma jovem prostituta era brutalizada pelo seu cafetão, que lhe infligia uma correção magistral.

— Olhe bem! — disse Lucas. — Esse é o meu universo, a outra face da natureza humana, aquela que você quer combater. Vá procurar a sua parte de boas qualidades nesta profusão de imundícies, abra bem os olhos sem compromisso, você verá a podridão, a decadência, a violência no seu estado bruto. A puta que está morrendo diante de você se deixa desonrar, apanhar até a morte, sem opor resistência ao homem que a comprou. Como a Terra, ela tem poucos minutos de vida, mais alguns tapas e ela entregará a alma deserdada. Essa é a razão da aposta que nos une. Você quer que eu lhe ensine o mal, Zofia? Basta uma aula para que você perceba toda a sua dimensão e se comprometa para sempre. Atravesse esta ruela, aceite não intervir, você verá, é de uma simplicidade desconcertante não fazer nada; faça como eles, faça um caminho diante dessa miséria, eu a esperarei do outro lado; quando chegar lá, você terá mudado. Esta é a passagem intermediária entre os dois mundos, sem esperança de volta.

Zofia desceu do carro, que se afastou. Ela se aventurou na penumbra onde cada passo lhe parecia pesado. Ela direcionou o seu olhar ao longe e tentou resistir com todas as forças. Sob os seus pés, a ruela se estendia até o infinito e num tapete de detritos espalhados que maculavam o calçamento tortuoso.

As paredes eram de um preto-acinzentado, ela viu Sarah, a prostituta, alquebrada pelos socos que choviam em rajadas. A boca tinha várias feridas de onde saía um filete de sangue, tão escuro quanto o abismo, a cabeça oscilava, as costas estavam dilaceradas, as costelas estalavam uma a uma sob a fúria da violência, mas, de repente, ela começou a lutar. Ela lutava para não cair, para que o seu ventre não ficasse à mercê dos pontapés que tirariam o pouco de vida que lhe restava. O soco que recebeu no maxilar fez com que a sua cabeça batesse na parede, o choque foi incrível, a ressonância no interior do crânio, terrível.

Sarah a viu como um último raio de esperança, como um milagre oferecido àquela que sempre acreditara em Deus. Então Zofia cerrou os dentes, os punhos e continuou o caminho... e diminuiu o passo. Atrás dela, a mulher caiu de joelhos, sem ter forças nem para gemer. Zofia não conseguia ver a mão do homem que se ergueu como um malho acima da nuca resignada da prostituta. Com a visão enevoada pelas lágrimas, submersa numa náusea intraduzível, ela percebeu do outro lado da rua a sombra de Lucas, que a esperava, de braços cruzados.

Ela parou, totalmente imobilizada, e gritou o nome dele. Um grito que expressava uma dor que nunca poderia imaginar, e ela o chamou tão alto que rasgou todos os silêncios do mundo, condenou todos os abismos, numa fração de segundos que ninguém viu. Lucas saiu correndo, passou por ela e pegou o homem, jogando-o ao chão. Este se levantou num piscar de olhos e avançou para cima de dele. A violência de Lucas foi indescritível e o homem não resistiu. Ao perder todo o sangue, ele denunciava a tragédia da sua arrogância desfeita, último horror que levava consigo na morte.

Lucas se agachou perto do corpo inanimado de Sarah. Tomou-lhe o pulso, enfiou a mão por baixo dela e a ergueu nos braços.

— Venha — disse ele à Zofia, com uma voz carinhosa. — Não temos tempo a perder, você conhece melhor do que ninguém o caminho do hospital, eu vou dirigir, e você me orienta, pois não está em condições de guiar.

Eles deitaram a jovem no banco, Zofia pegou o giroflex no porta-luvas e ligou a sirene. Eram dezesseis horas e trinta minutos, o Ford seguia a toda velocidade para o San Francisco Memorial Hospital, eles chegariam lá em menos de quinze minutos.

Assim que chegou ao pronto-socorro, Sarah foi imediatamente atendida por dois médicos, sendo um deles especialista em reanimação. Ela havia sofrido um afundamento da caixa torácica, as radiografias cranianas revelaram um hematoma no lobo occipital, sem lesão cerebral aparente, e um politraumatismo facial. Uma ressonância magnética confirmou que ela não corria risco de morte. Mas faltou pouco.

Lucas e Zofia saíram do estacionamento.

— Você está pálida como uma mortalha; não foi em você que ele bateu, Zofia, foi em mim.

— Eu fracassei, Lucas, sou tão incapaz de mudar quanto você.

— Eu a teria odiado se conseguisse. É o que você é que me atrai, Zofia, não o que você viria a ser para se adaptar a mim. Não quero que você mude.

— Então, por que fez isso?

— Para que você compreenda que a minha diferença é também a sua, para que você não me julgue como eu não a julgo, porque esse tempo que nos falta e que nos vai afastar poderia também nos aproximar.

Zofia olhou o relógio no painel do carro e se assustou.

— O que você tem?

— Não vou cumprir a promessa que fiz à Reine e vou magoá-la. Sei que ela deve ter preparado um chá, que deve ter ficado na cozinha a tarde toda fazendo bolo e que ela me espera.

— Não é tão sério, ela vai perdoá-la.

— Vai, mas ficará decepcionada, eu jurei que seria pontual, é importante para ela.

— Que horas vocês marcaram?

— Às dezessete horas em ponto!

Lucas olhou o relógio, eram dez para as cinco, e o tráfego que tinham pela frente tirava-lhes qualquer esperança de honrar a promessa de Zofia.

— Você vai atrasar-se uns quinze minutos, no máximo.

— Tarde demais, já terá escurecido. Para me mostrar as fotos, ela precisa de um pouco de luz como se fosse um apoio, de um pretexto para abrir certas páginas da sua memória. Trabalhei muito para que o coração dela se libertasse, eu devia estar ao lado dela, devo isso a Reine. Na verdade, não sou lá grande coisa.

Lucas olhou o relógio e acariciou o rosto de Zofia, fazendo uma cara amuada.

— Vamos dar de novo uma voltinha com o giroflex e a sirene, temos sete minutos para chegarmos a tempo. Na verdade, não há por que levar toda uma eternidade! Aperte o cinto!

O Ford passou imediatamente para a fila da esquerda e subiu a California Street a toda velocidade. Ao norte da cidade, todos os faróis se alinharam para formar uma alameda magistral de luzinhas vermelhas, liberando todos os cruzamentos quando eles passavam.

*
* *

— Já vou, já vou! — respondeu Reine à campainha que tocava insistentemente anunciando o término do cozimento.

Ela se abaixou para tirar a *pâtisserie* do forno a gás. O tabuleiro quente era muito pesado para que o segurasse só com uma mão. Ela deixou a porta do forno aberta e pôs o bolo nas laterais esmaltadas do fogão. Tomando cuidado para não se queimar, fez o bolo deslizar para uma tábua de madeira, pegou uma faca grande e afiada e começou a cortar os pedaços. Ela enxugou a testa e sentiu algumas gotas escorrerem pela nuca. Reine nunca suava: sem dúvida era o incômodo cansaço que tomara conta dela pela manhã e não mais a deixara. Ela largou o bolo um instante para ir até o quarto. Uma corrente de ar entrou na cozinha rodopiando até atrás do balcão. Quando Reine voltou, olhou o relógio e se apressou para arrumar as xícaras na bandeja. Atrás dela, uma das sete velas colocadas na bancada da cozinha se havia apagado, justamente a que estava mais perto do fogão.

*
* *

O Ford virou na Van Ness e Lucas aproveitou a curva para consultar o relógio. Ainda tinham cinco minutos para chegar na hora marcada, o ponteiro do velocímetro subiu ainda mais.

*
* *

Reine foi até o velho armário e abriu a porta, que rangeu bem alto. Suas mãos, tão lindamente manchadas pelos anos, se enfiaram sob a pilha de roupas de rendas antigas, os dedos frágeis se fecharam sobre o álbum de couro rachado. Ela fechou as pálpebras e cheirou a capa do livro de fotos antes de colocá-lo no chão, em cima do tapete, no meio da sala. Só faltava esquentar a água e, finalmente, tudo estaria pronto, Zofia chegaria a qualquer momento; ela sentiu o coração bater um pouco mais rápido e procurou controlar a emoção que a dominava. Reine voltou para a cozinha e se perguntou onde havia posto os fósforos.

*
* *

Zofia segurava o mais forte que podia na alça de segurança que ficava em cima da porta do carro, Lucas sorriu para ela.

— Se você soubesse quantos carros eu já dirigi, e nunca arranhei nenhum! Só faltam dois sinais e chegaremos na sua rua. Relaxe, faltam dois minutos para as cinco.

*
* *

Reine examinou a gaveta do bufê, depois a do guarda-louças e, finalmente, as do guarda-comida, sem resultado. Ela puxou a cortina embaixo do balcão e olhou atentamente nas prateleiras. Ao se levantar, sentiu uma ligeira tontura e sacudiu a cabeça antes de continuar a busca.

— Mas onde posso ter posto os fósforos? — resmungou.

Ela olhou em volta e, por fim, encontrou a caixinha na beirada do fogão.

— Se fosse uma cobra, me teria mordido — disse a si mesma, girando o botão do queimador.

*
* *

Os pneus do carro cantaram na curva, Lucas havia entrado em Pacific Heights e a casa estava apenas a uns cem metros. Ele anunciou à Zofia que, na pior das hipóteses, ela chegaria quinze segundinhos atrasada. Ele desligou a sirene... e, na cozinha, Reine riscou o fósforo.

A explosão estourou na mesma hora todos os vidros da casa. Lucas pisou no pedal do freio com os dois pés, o Ford derrapou, evitando por um triz a porta de entrada arremessada no meio da rua. Zofia e Lucas se olharam, horrorizados, o térreo estava em chamas, não lhes seria possível atravessar essa parede de fogo. Eram dezessete horas... e alguns segundos.

Matilde havia sido atirada para o meio da sala. À volta dela, tudo estava revirado: a mesinha de pé de galo jazia de lado, o quadro em cima da lareira se havia quebrado ao cair, espalhando mil cacos de vidro no tapete. A porta da geladeira estava pendurada pelas dobradiças, o grande lustre balançava, perigosamente enganchado no conector de fios elétricos. Um acre odor de fumaça já se infiltrava pelas vigas do chão. Matilde se ergueu e passou a mão no rosto para tirar a poeira do sinistro. Seu gesso estava rachado de ponta a ponta. Determinada, ela separou as duas partes e jogou-o longe. Reunindo todas as forças, apoiou-se no encosto de uma cadeira virada e se levantou. Ela foi andando, mancando por entre os escombros, tocou na porta de entrada e, como esta não estava quente, saiu no patamar e avançou até o parapeito. Inclinando-se, estudou como abrir caminho entre os vários focos de incêndio, e começou a descer a escada, ignorando as dores lancinantes na perna. A temperatura no *hall* era insuportável, parecia que as suas sobrancelhas e o cabelo iam pegar fogo de uma hora para a outra. Na frente dela, uma viga incandescente se soltou do teto, arrastando na queda uma chuva de brasas avermelhadas. O concerto dos estalidos das madeiras era ensurdecedor, o ar que ela respirava lhe queimava os pulmões, a cada inspiração Matilde se asfixiava. O último degrau despertou-lhe uma dor forte, ela se dobrou e caiu deitada. No contato com o chão, ela aproveitou o pouco oxigênio que ainda restava ali. Matilde inspirou e expirou à custa de grandes esforços e recuperou o ânimo. À direita, a parede estava aberta, bastaria rastejar alguns metros para ter a vida salva, mas, à esquerda, na mesma distância, Reine estava caída de costas. Os olhares delas se cruzaram através de uma cortina de fumaça. Reine fez um sinal com a mão para que ela saísse e mostrou a passagem aberta.

Matilde se levantou urrando de dor. Contraindo os maxilares a ponto de quebrar os dentes, avançou na direção de

Reine. Cada passo era como uma punhalada na carne. Ela empurrou os pedaços de madeira lambidos pelo fogo e continuou a avançar. Entrou no apartamento e se deitou ao lado de Reine para recuperar o fôlego.

— Vou ajudá-la a levantar-se e você vai segurar-se em mim — disse Matilde, ofegante.

Reine piscou os olhos em sinal de assentimento. Matilde passou o braço sob a nuca da velha senhora e começou a levantá-la.

A dor foi intolerável, uma grande quantidade de estrelas ofuscou-a, Matilde perdeu o equilíbrio.

— Salve-se — disse Reine —, não discuta e vá embora daqui! Diga a Zofia que eu a amo, diga-lhe também que você é cativante e adorei as conversas que tivemos. Você é uma menina formidável, Matilde, e tem um coração grande como um melão, por isso tente escolher melhor aquele a quem você vai dar uma fatia... vamos, saia enquanto é tempo! E, seja como for, eu gostaria que espalhassem as minhas cinzas em volta da casa, e então, exceto por alguns detalhes, terei sido ouvida.

— Você acredita que há uma pequena probabilidade de que eu seja menos teimosa do que você quando tiver a sua idade? Vou recuperar o fôlego e recomeçaremos em dois segundos, nós duas sairemos daqui... ou não!

Lucas surgiu na abertura e foi na direção das duas. Ajoelhou-se na frente de Matilde e explicou como os três sairiam do braseiro.

Ele tirou o paletó de *tweed*, cobriu a cabeça de Reine para proteger-lhe o rosto, tomou-a nos braços e ergueu-a. Quando Lucas deu o sinal, Matilde segurou na cintura dele e o seguiu, totalmente colada no corpo dele que lhe servia de anteparo. Alguns minutos depois, os três escaparam do inferno.

Lucas continuou segurando Reine, Matilde se abandonou nos braços de Zofia, que correra até ela. As sirenes dos socorristas estavam mais perto. Zofia deitou a amiga no gramado da casa vizinha.

Reine abriu os olhos e olhou para Lucas, com um sorriso malicioso no canto dos lábios.

— Se me tivessem dito que um bonito jovem como você...

Mas um acesso de tosse impediu-a de continuar.

— Guarde as suas forças!

— Cai muito bem em você o papel de príncipe encantado, mas você deve ser estupidamente míope, porque, francamente, à nossa volta há coisas bem melhores do que a que carrega nos braços.

— Você tem muito charme, Reine.

— Claro, com certeza igual ao de uma velha bicicleta num museu! Não a perca, Lucas, cometemos erros que nunca nos perdoamos, acredite! Agora, se quiser pôr-me no chão, creio que os outros já me vêm buscar!

— Não diga besteiras!

— E você, não as faça!

O socorro acabava de chegar. Os bombeiros começaram imediatamente a lutar contra o incêndio. Pilguez correu até Matilde e Lucas foi em direção aos padioleiros que empurravam uma maca. Ele ajudou a deitar Reine, Zofia se juntou a ela e subiu na ambulância.

— Nós nos encontramos no hospital, cuide de Matilde!

Um policial havia pedido uma segunda ambulância, Pilguez cancelou a ordem, ele mesmo levaria Matilde para ganhar tempo. Ele ordenou a Lucas que o seguisse e os dois a pegaram por baixo do braço para deitá-la atrás do carro. A ambulância de Reine já estava longe.

Um turbilhão de luzes azuis e vermelhas cintilava dentro da ambulância. Reine olhou pela janela e apertou a mão de Zofia.

— É engraçado, no dia em que vamos embora pensamos em tudo o que não vimos.

— Eu estou aqui, Reine — murmurou Zofia —, descanse.

— Agora todas as minhas fotos estão queimadas, exceto uma. Eu a guardei comigo durante toda a minha vida, era para você, ia entregar-lhe esta noite.

Reine esticou o braço e abriu a mão que estava vazia. Zofia olhou para ela, confusa, Reine lhe sorriu de volta.

— Você achou que eu havia ficado pirada, né? Essa é a foto do filho que eu nunca tive, certamente seria a minha foto mais bonita. Pegue-a e guarde-a perto do seu coração, ela fez muita falta ao meu. Zofia, sei que algum dia você fará alguma coisa que me deixará orgulhosa de você para sempre. Você queria saber se o *Bachert* não passava de uma história bonita? Vou dizer-lhe a verdade. Cabe a cada um de nós tornar essa história verdadeira. Não renuncie à sua vida e lute por ela.

Reine acariciou o rosto de Zofia ternamente.

— Aproxime-se para eu lhe dar um beijo. Se você soubesse como eu a amo! Você me deu vários anos de verdadeira felicidade.

Ela abraçou Zofia e, nesse abraço, entregou-lhe todas as forças que lhe restavam.

— Agora vou descansar um pouco, vou ter muito tempo para descansar.

Zofia inspirou profundamente para controlar as lágrimas. Pôs a cabeça no peito de Reine, que respirava lentamente. A ambulância entrou no pronto-socorro, as portas se abriram. Reine foi levada e, pela segunda vez naquela semana, Zofia se sentou na sala de espera reservada aos familiares dos pacientes.

Na casa de Reine, a capa de couro rachado de um velho álbum acabava de ser consumida.

As portas deslizaram novamente para deixar Matilde entrar no pronto-socorro, apoiada por Lucas e Pilguez. Uma enfermeira correu até eles empurrando uma cadeira de rodas.

— Pode levar de volta! — disse Pilguez. — Ela nos ameaçou dizendo que ia embora se a puséssemos em cima disso!

A enfermeira recitou, de cor, o regulamento da admissão no hospital e Matilde se submeteu às regras de segurança, sentando-se de má vontade na cadeira. Zofia se aproximou.

— Como se sente?

— Com uma saúde de ferro.

Um interno veio buscar Matilde e levou-a para uma sala de exames. Zofia prometeu esperar por ela.

— Não por muito tempo! — disse Pilguez atrás dela.

Zofia virou-se para ele.

— Lucas me contou tudo no carro — acrescentou ele.

— O que ele disse?

— Que alguns negócios imobiliários só lhe serviram para conseguir amigos! Zofia, penso seriamente que vocês dois, tanto um como o outro, correm perigo. Quando vi o seu amigo no restaurante, há alguns dias, pensei que ele trabalhava para o governo e não que tivesse ido vê-la. Duas explosões de gás numa semana, em dois lugares onde vocês estavam, é demais para ser coincidência!

— Na primeira vez, no restaurante, acho que foi mesmo um acidente! — disse Lucas do outro lado da sala.

— Pode ser! — continuou o inspetor. — O que quer que tenha sido foi trabalho de um grande profissional, não encontramos o menor indício que permita supor que se trate de outra coisa. Os que montaram esses golpes são demoníacos e não vejo o que possa pará-los enquanto não atingirem o objetivo. Será preciso protegê-los, e você precisará ajudar-me a convencer o seu coleguinha a colaborar.

— Será difícil.

— Faça isso antes que ponham fogo em todos os bairros da cidade! Nesse meio-tempo, vou pô-la em segurança por esta noite. O gerente do Sheraton do aeroporto me deve alguns favores, chegou o momento de cobrá-los! Ele saberá fornecer a vocês uma hospedagem das mais confidenciais. Vou ligar para ele e os levo até lá. Vá despedir-se da sua amiga.

Zofia levantou a cortina e entrou no box de exame. Ela se aproximou da amiga.

— Quais as notícias?

— Nada de anormal! — respondeu Matilde. — Vou ganhar um gesso novo; eles querem me manter em observação, para terem certeza de que eu não inalei fumaça tóxica em demasia. Coitados, se eles soubesse o que eu já pus para dentro de coisas tóxicas nesta vida, não ficariam tão preocupados. Como está Reine?

— Nada bem. Ela está na seção de queimados. Está dormindo, não se pode vê-la, eles a colocaram num quarto esterilizado no quarto andar.

— Você vem buscar-me amanhã?

Zofia lhe deu as costas e olhou o painel luminoso onde estavam presas as radiografias.

— Matilde, acho que não poderei vir aqui.

— Não sei por quê, mas eu tinha quase certeza. Faz parte da amizade se alegrar quando o outro quebra, um dia, o celibato, mesmo quando isso nos manda de volta para a solidão. Os momentos que passamos juntas vão me fazer uma falta enorme.

— A mim também. Vou viajar, Matilde.

— Por muito tempo?

— Sim, por muito tempo.

— De qualquer forma, algum dia você volta, né?

— Não sei.

As pupilas de Matilde se anuviaram de tristeza.

— Acho que compreendo. Viva, minha Zofia, o amor é curto, mas as recordações duram por muito tempo.

Zofia abraçou Matilde, apertando-a muito forte.

— Você será feliz? — perguntou Matilde.

— Ainda não sei.

— Poderemos nos falar ao telefone de vez em quando?

— Não, acho que isso não será possível.

— É tão longe assim o lugar aonde ele vai levá-la?

— Ainda mais longe. Por favor, não chore.

— Não estou chorando, é essa fumaça que continua a arder; saia, suma daqui!

— Cuide-se — disse Zofia, com uma voz afetuosa, se afastando.

Ela abriu a cortina e olhou novamente para a amiga, com os olhos cheios de tristeza.

— Vai conseguir se virar sozinha?

— Você também, se cuide... ao menos uma vez — disse Matilde.

Zofia sorriu e a cortina branca caiu.

O inspetor Pilguez estava ao volante, Lucas sentou-se ao lado dele. Zofia entrou atrás. O carro saiu da entrada do pronto-socorro e tomou a direção da auto-estrada. Ninguém falava.

Zofia, com o coração apertado, revivia algumas lembranças projetadas nas fachadas e nos cruzamentos que desfilavam pela janela. Lucas virou o retrovisor para olhá-la, Pilguez fez uma cara feia e o pôs de volta no lugar. Lucas esperou alguns minutos e virou o espelho de novo.

— Quer me deixar dirigir? — reclamou Pilguez, pondo-o de volta na posição certa.

Ele abaixou o pára-sol do passageiro, abriu o espelho de cortesia e voltou a colocar as mãos no volante.

O carro saiu da Highway 101 na altura do South Airport Boulevard. Alguns minutos depois, Pilguez encostava no estacionamento do Sheraton.

O gerente do hotel havia reservado para eles uma suíte no sexto andar, o mais alto de todos. Eles foram registrados com os nomes de Oliver e Mary Sweet. Pilguez dera de ombros ao explicar que não havia nada melhor para chamar a atenção do que Doe e Smith. Antes de deixá-los, recomendou que não saíssem do quarto e que chamassem o serviço de quarto para comer. Ele lhes deu o número do seu bipe e informou-os que viria buscá-los no dia seguinte antes do meio-dia. Se ficassem entediados, poderiam começar a escrever um relatório sobre os acontecimentos da semana, seria menos trabalho para ele. Lucas e Zofia agradeceram tanto que ele ficou embaraçado e saiu com uma expressão sem graça, enfeitando o seu "até logo" com alguns "tudo bem, tudo bem". Eram vinte e duas horas, a porta da suíte se fechou para eles.

Zofia foi para o banheiro. Lucas se deitou na cama, pegou o controle remoto e passou por todos os canais. Os programas logo o fizeram bocejar. Ele desligou a televisão. Lucas ouviu a água correr por trás da porta, Zofia estava tomando banho. Então ele olhou para a ponta dos sapatos, arrumou a barra da calça que estava no avesso, espanou com a mão os dois joelhos e esticou os vincos. Levantou-se, abriu o frigobar, fechou-o em seguida, foi até a janela, abriu a cortina, olhou para o estacionamento deserto e voltou para a cama. Observou a sua caixa torácica que se enchia e esvaziava conforme os movimentos da sua respiração, suspirou, inspecionou o abajur da mesa-de-cabeceira, deslocou o cinzeiro ligeiramente para a direita e abriu a gaveta da mesinha. A sua atenção foi atraída para a pequena capa dura do livro, gravada com a sigla do hotel; ele o pegou e começou a ler. As primeiras linhas fizeram-no mergulhar num pavor total. Ele continuou a leitura virando as folhas cada vez mais depressa. Na sétima página, ele se levantou, fora de si, e foi bater no banheiro.

— Posso entrar?

— Um segundo — pediu Zofia, enfiando um roupão.

Ela abriu e encontrou-o furibundo, andando de um lado para o outro em frente à porta.

— O que houve? — perguntou, preocupada.

— O que houve é que ninguém respeita mais nada!

Agitando o livro que tinha na mão, ele prosseguiu, apontando-lhe a capa:

— Esse tal de Sheraton plagiou todo o livro do Hilton! E sei do que estou falando, é o meu autor preferido.

Zofia pegou a obra das mãos dele e devolveu-a em seguida. Ela fez um gesto de pouco-caso:

— Isso é a Bíblia, Lucas!

Diante do ar interrogativo dele, acrescentou, desolada:

— Deixe pra lá!

Ela não ousava dizer que estava com fome, ele adivinhou pelo modo como ela folheava a lista do serviço de quarto.

— Tem uma coisa que eu gostaria de compreender de uma vez por todas — disse ela. — Por que eles põem horários na frente dos cardápios? Isso subentende o quê? Que depois das dez e meia da manhã eles devem, obrigatoriamente, guardar os corn flakes num cofre-forte com fechadura programada, que não pode ser aberta antes do dia seguinte? Isso é muito estranho! E se você quiser comer cereais às dez e meia, mas da noite? Veja só, eles fazem a mesma coisa com os crepes! De qualquer modo, é só medir o comprimento do fio do secador do banheiro e já se vê tudo! Quem inventou esse sistema devia ser careca; é preciso ficar colada a dez centímetros da parede para secar uma simples mecha.

Lucas a abraçou e a apertou contra ele, para acalmá-la.

— Está ficando exigente!

Zofia olhou em volta e corou.

— Pode ser!

— Você está com fome!

— De modo algum!

— Acho que sim!

— Uma coisinha de nada para comer, então, só para agradá-lo.

— Frosties ou Special K?

— Aqueles que fazem "snap, crackle, pop" quando a gente morde.

— Rice Krispies! Vou providenciar.

— Sem leite!

— Nada de laticínio — concordou Lucas, tirando o fone do gancho.

— Mas açúcar, muito açúcar!

— Vou providenciar isso também!

Ao desligar o telefone, ele foi sentar-se ao lado dela.

— Não pediu nada para você?

— Não, não estou com fome — respondeu Lucas.

Depois que o serviço de quarto entregou o pedido, ela pegou uma toalha e esticou-a na cama. A cada colherada, ela enfiava outra na boca de Lucas, que aceitava de bom grado. Ao longe, um raio riscou o céu. Lucas se levantou e fechou a cortina. Depois voltou a se deitar ao lado dela.

— Amanhã encontrarei uma solução para escaparmos deles — disse Zofia. — Tem de haver um jeito.

— Não diga mais nada — murmurou Lucas. — Eu queria que houvesse domingos fantásticos, queria viver amanhãs com você, sonhando que haveriam muitos outros, mas só nos resta um dia e, esse dia, quero que o vivamos de verdade.

O roupão de Zofia se abriu ligeiramente. Ele fechou as duas partes, ela pousou os lábios nos deles e murmurou:

— Torne-me um anjo decaído!

— Não, Zofia, as asinhas tatuadas no seu ombro caem muito bem em você e não quero que as queime.

— Quero ir embora com você.

— Não desse jeito, não por causa disso!

Às apalpadelas, Lucas procurou o interruptor do abajur, Zofia se agarrou a ele.

No quarto do hospital, Matilde apagou a luz. Esta noite ainda ela dormiria bem em cima da cama de Reine. Os sinos da catedral soaram a meia-noite.

Houve tarde e houve manhã...

6

Sexto Dia

Ela foi até a janela, na ponta dos pés. Lucas ainda dormia. Zofia abriu a cortina sobre a aurora de uma manhã de novembro. Ela olhou o sol que atravessava o nevoeiro e se virou para contemplar Lucas que se espreguiçava.

— Você dormiu? — perguntou ele.

Ela se enrolou no roupão e colou a testa no vidro.

— Pedi um café da manhã para você, eles não vão demorar a bater na porta, vou arrumar-me.

— É tão urgente assim? — disse ele pegando no braço dela e puxando-a.

Ela se sentou na beira da cama e passou a mão no cabelo de Lucas.

— Você sabe o que é *Bachert*? — perguntou ela.

— Isso me diz alguma coisa, devo ter lido essa palavra em algum lugar — respondeu Lucas, franzindo a testa.

— Não quero que nos separemos.

— Zofia, o inferno está no nosso encalço, só nos resta o dia de amanhã e não temos nenhum lugar para fugir. Vamos ficar aqui, os dois juntos, e viver o tempo que nos é dado.

— Não, não vou aceitar a vontade deles. Não sou um peão num tabuleiro de xadrez e quero descobrir um lance que eles não tenham previsto. Há sempre um rebelde oculto entre aqueles que menos se espera.

— Mas, nesse caso, você está falando de um milagre, e esse, realmente, não é o meu raio de ação...

— Presume-se que seja o meu! — disse ela, levantando-se para abrir a porta para o serviço de quartos.

Zofia assinou a nota, fechou a porta e empurrou a mesa de rodinhas até o quarto.

— Estou longe demais do pensamentos deles para que me possam ouvir — disse ela enchendo a xícara.

Ela pegou os cereais e cobriu-os com três saquinhos de açúcar.

— Não quer mesmo o leite? — perguntou Lucas.

— Não, obrigada, fica muito mole depois.

Olhando pela janela a cidade que se estendia ao longe, Zofia sentiu a raiva crescer dentro dela.

— Não posso olhar todos esses muros a minha volta e pensar que, de agora em diante, são mais imortais do que nós, isso me deixa louca de raiva!

— Seja bem-vinda à Terra, Zofia!

Lucas se levantou e deixou a porta do banheiro entreaberta. Zofia empurrou a bandeja, pensativa. Levantou-se, percorreu a saleta a passos largos, voltou para o quarto e se deitou na cama. O livro na mesa-de-cabeceira lhe chamou a atenção e ela pulou da cama.

— Conheço um lugar! — gritou para Lucas.

Ele pôs a cabeça para fora pela porta, uma voluta de vapor circundava-lhe o rosto.

— Eu também conheço muitos lugares!

— Não estou brincando, Lucas!

— Nem eu — disse ele com uma expressão travessa. — Pode explicar melhor? Nessa posição estou metade quente e metade frio, há uma grande diferença de temperatura entre o banheiro e o quarto.

— Conheço um lugar na Terra onde pleitear a nossa causa.

Ela parecia tão triste e tão abalada, tão frágil na sua esperança, que Lucas ficou preocupado.

— Que lugar é esse? — perguntou ele com voz séria.

— O verdadeiro telhado do mundo, a montanha sagrada onde todos os cultos coabitam e se respeitam, o monte Sinai. Tenho certeza de que, lá em cima, poderei falar com meu *Pai* e, talvez, *Ele* me escute.

Lucas olhou para o relógio do videocassete.

— Informe-se sobre os horários, vou vestir-me e já volto.

Zofia correu para o telefone e discou o número de informações dos vôos. A gravação prometia que logo um operador iria atendê-la. Impaciente, ela olhou pela janela uma gaivota que levantava vôo. Algumas unhas roídas depois, ninguém ainda a havia atendido, Lucas chegou por trás e envolveu-a com os braços, murmurando:

— No mínimo quinze horas de vôo, às quais devemos acrescentar dez de defasagem de horário... quando chegarmos, não poderemos nem mesmo nos dizer adeus na calçada do aeroporto, eles já nos terão separado há muito tempo. É tarde demais, Zofia, o teto do seu mundo é muito longe daqui.

O fone foi posto de volta no gancho. Ela se virou e mergulhou os olhos no fundo dos deles, e eles se beijaram pela primeira vez.

*
* *

Bem mais ao norte, a gaivota pousou num outro parapeito. Do quarto do hospital, Matilde deixou uma mensagem no celular de Zofia e desligou.

*
* *

Zofia recuou alguns passos.
— Sei uma solução — disse ela.
— Você não vai desistir!
— Da esperança? Jamais! Fui programada para isso! Rápido, acabe de se arrumar e confie em mim.
— É só o que eu faço!
Dez minutos depois, eles saíram no estacionamento do hotel e Zofia percebeu que precisariam de um carro.
— Qual deles? — perguntou Lucas, caindo na realidade ao ver os carros estacionados.
A pedido de Zofia, ele se resignou a "tomar emprestado" o mais discreto. Em seguida, pegaram a Highway 101, dessa vez para o norte. Lucas quis saber aonde iam, mas Zofia, mergulhada na sua bolsa enorme, à procura do telefone, não respondeu. Ela não teve tempo de digitar o número do inspetor Pilguez

para avisá-lo que não devia incomodar-se, pois o aviso de mensagens tocou e ela pegou o recado:

"Sou eu, Matilde, queria dizer-lhe para não se preocupar. Eu os atormentei tanto hoje de manhã que eles resolveram deixar-me sair antes do meio-dia. Telefonei para Manca, ele virá buscar-me e me levará para casa, e, além de tudo, me prometeu que irá todas as noites me levar o jantar, até que eu fique boa... talvez eu faça essa coisa durar mais... O estado de Reine não evoluiu, não podemos visitá-la, ela está dormindo. Zofia, há coisas que dizemos no amor e que não ousamos dizer na amizade, então, aí vai: você foi muito mais do que a luz dos meus dias ou a cúmplice das minhas noites, você foi e continua a ser a minha amiga. Aonde quer que você vá, boa viagem. Já estou sentido a sua falta."

Zofia apertou o botão com toda a força e o celular foi desligado; ela o jogou no fundo da bolsa.

— Vá para o centro da cidade.

— Aonde vamos? — perguntou Lucas.

— Dirija para o Transamerica Building, o arranha-céu em forma de pirâmide, na Montgomery Street.

Lucas parou o carro no acostamento.

— Que brincadeira é essa?

— Nem sempre se pode contar com as vias aéreas, mas as do céu continuam insondáveis, dê a partida!

O velho Chrysler retomou o caminho, no silêncio mais absoluto. Eles deixaram a 101 na saída para a 3rd Street.

— Hoje é sexta-feira? — perguntou Zofia, subitamente preocupada.

— Infelizmente! — respondeu Lucas.

— Que horas são?

— Você me pediu um carro discreto! Devia perceber que este não tem relógio! São vinte para o meio-dia!

— Temos de fazer um desvio, tenho de cumprir uma promessa, vá para o hospital, por favor.

Lucas virou para subir a California Street, e dez minutos depois entravam no complexo hospitalar. Zofia pediu que ele estacionasse em frente à unidade de pediatria.

— Venha — disse ela, fechando a porta do carro.

Ele a seguiu pelo *hall* até a porta do elevador. Ela segurou a mão dele, arrastou-o para dentro e apertou o botão. A cabine subiu até o sétimo andar.

No meio do corredor, onde outras crianças brincavam, ela reconheceu o pequeno Thomas. Ele sorriu ao vê-la, ela respondeu ao bom-dia com gesto terno e andou na direção dele. Zofia reconheceu o anjo que estava ao lado dele. Ela parou e Lucas sentiu a mão de Zofia apertar a sua. A criança pegou a mão de Gabriel e continuou o seu caminho até o fim do corredor, sem nunca perdê-la de vista. Na porta que dava para um jardim de outono, o menino se virou uma última vez. Ele abriu a mão e soprou um beijo na sua palma. Ele fechou os olhos e, sorrindo, desapareceu na pálida luz desse fim de manhã. Foi a vez de Zofia fechar os olhos.

— Venha — disse Lucas arrastando-a.

Quando o carro saiu do estacionamento, ela sentiu um aperto no coração.

— Você não falou que, em certos dias, parece que o mundo vai desabar em cima da gente? — disse Zofia. — Hoje é um desses dias.

Eles rodaram pela cidade sem dizer uma palavra. Lucas não pegou nenhum atalho, muito pelo contrário, os caminhos que escolheu foram os mais longos. Ele foi até a beira do oceano e parou. Zofia levou-o para andar na praia debruada de espuma.

Uma hora depois, eles chegaram à entrada do Prédio. Zofia deu três voltas no quarteirão e não achou nenhum lugar para estacionar.

— Ninguém paga multa de um carro roubado! — disse ele, olhando para cima. — Pare em qualquer lugar!

Zofia encostou o carro no meio-fio da calçada reservada para embarque e desembarque. Ela se dirigiu para a entrada leste, Lucas a seguiu de perto. Quando a laje se mexeu na parede, Lucas fez um movimento de recuo.

— Tem certeza do que está fazendo? — perguntou ele, preocupado.

— Não! Siga-me!

Eles percorreram os corredores que levavam ao grande *hall*. Pedro, que estava atrás do balcão, se levantou ao vê-los.

— É muito atrevimento trazê-lo aqui! — disse ele a Zofia, indignado.

— Preciso de você, Pedro.

— Você sabia que todo o mundo está a sua procura e que todos os guardiães da Morada estão no seu encalço? O que você andou aprontando, Zofia?

— Não tenho tempo para explicar.

— Esta é a primeira vez que vejo alguém apressado por aqui.

— Você precisa ajudar-me, só posso contar com você. Preciso ir ao monte Sinai, permita que eu tenha acesso à passagem que leva até lá, por Jerusalém.

Pedro coçou o queixo, olhando para os dois.

— Não posso fazer o que está pedindo, nunca me perdoarão. Em compensação — disse ele, se afastando para uma das extremidades do *hall* —, pode ser que você tenha tempo de achar o que está procurando, enquanto eu informo à segurança da sua presença aqui. Olhe no compartimento central do balcão.

Zofia correu para trás do balcão que Pedro havia abandonado e abriu todas as gavetas. Escolheu a chave que lhe parecia ser a certa e saiu com Lucas. A porta disfarçada na parede se abriu quando ela introduziu o passe. A voz de Pedro ressoou atrás dela.

— Zofia, é uma ida sem volta, sabe o que está fazendo?

— Obrigada por tudo, Pedro!

Ele assentiu com a cabeça e puxou a ponta de uma corrente, os sinos da Grace Cathedral soaram e Zofia e Lucas mal tiveram tempo de entrar no estreito corredor antes que todas as portas do grande *hall* se fechassem.

Eles saíram, alguns minutos depois, por uma abertura na cerca de um terreno baldio.

O sol inundava com os seus raios a ruazinha cercada de imóveis de três e de quatro andares, com as fachadas deterioradas. Lucas parecia preocupado ao olhar a sua volta. Zofia se dirigiu ao primeiro homem que passou ao lado dela.

— O senhor fala a nossa língua?

— Tenho cara de imbecil? — respondeu o homem se afastando, ofendido.

Zofia não se desencorajou e se aproximou de um pedestre que atravessava a rua.

— Estou procurando...

Ela nem havia terminado a frase e o homem já estava na calçada do outro lado.

— As pessoas são bem hospitaleiras para uma cidade santa! — disse Lucas, irônico.

Zofia nem ligou para a observação e se dirigiu a uma terceira pessoa. O homem todo vestido de preto, sem dúvida, era um religioso.

— Padre, poderia indicar-me o caminho para o monte Sinai? — perguntou ela.

O padre a olhou de alto a baixo e foi embora, dando de ombros. Encostado num poste, Lucas cruzou os braços, sorrindo. Zofia se virou para uma mulher que andava na sua direção.

— Senhora, procuro o monte Sinai.

— Não queira bancar a engraçadinha, mocinha — respondeu a transeunte, se afastando.

Zofia foi até um comerciante de carnes salgadas, que arrumava a banca discutindo com um entregador.

— Boa-tarde, será que um de vocês pode me dizer como chegar ao monte Sinai?

Os dois homens se olharam, intrigados, e retomaram o fio da conversa sem dar a menor atenção a Zofia. Ao atravessar a rua, ela quase foi atropelada por um automóvel, que buzinou energicamente ao passar bem perto dela.

— Eles são absolutamente encantadores — disse Lucas em voz baixa.

Zofia girou sobre si mesma à procura de alguém que a auxiliasse. Ela sentiu ser invadida pela raiva, pegou um caixotinho vazio embaixo da banca do comerciante, foi para o meio da rua, se plantou em pleno cruzamento, subiu no pequeno estrado improvisado e, com as mãos na cintura, gritou:

— Será que alguém aqui pode me dar atenção um minutinho? Tenho uma pergunta importante a fazer!

A rua ficou paralisada e todos os olhares convergiram para ela. Cinco homens que passavam em cortejo se aproximaram e disseram em uníssono:

— Qual é a pergunta? Nós temos a resposta!

— Tenho de ir ao monte Sinai, é uma emergência!

Os rabinos formaram um círculo em volta dela. Eles se consultaram mutuamente, trocando, com muitos gestos, opiniões sobre a direção mais apropriada para indicar. Um homem baixinho se insinuou entre eles para se aproximar de Zofia.

— Siga-me — disse ele —, tenho um carro, posso levá-los.

Ele se dirigiu para um velho Ford estacionado a alguns metros dali. Lucas abandonou o poste e se juntou à equipe.

— Apressem-se — acrescentou o homem, abrindo as portas — devia ter dito logo que era uma emergência.

Lucas e Zofia se sentaram no banco de trás e o carro saiu como um furacão. Lucas olhou em volta, franziu novamente as sobrancelhas e cochichou no ouvido de Zofia:

— É melhor deitar no banco, seria uma bobagem ser encontrada tão perto do objetivo.

Zofia não estava com vontade de discutir. Lucas se encostou e ela pôs a cabeça nos joelhos dele. O motorista deu uma olhada no retrovisor, Lucas lhe deu um grande sorriso.

O carro rodava em alta velocidade, sem consideração com os passageiros. Uma meia hora depois, ele freou num cruzamento.

— Vocês queriam o monte Sinai, eis o monte Sinai! — disse o homem se virando, radiante.

Zofia se ergueu, surpresa, o motorista lhe estendeu a mão.

— Já? Eu pensava que fosse muito mais longe.

— Ora, é muito mais perto! — respondeu o motorista.

— Por que está estendendo a mão?

— Por quê? — disse ele, elevando a voz. — Do Brooklyn até o número 1.470 da Madison Avenue dá vinte dólares, é por isso!

Zofia olhou pela janela, arregalando os olhos. A grande fachada do Mont Sinai Hospital de Manhattan se erguia diante dela.

Lucas suspirou.

— Sinto muito, não sabia como lhe dizer.

Ele pagou o motorista e saiu com Zofia, que não dizia uma palavra. Ela foi cambaleando até o banco embaixo do abrigo da parada de ônibus e se sentou, estupefata.

— Você se enganou de monte Sinai, pegou a chave da pequena Jerusalém de Nova York — disse Lucas.

Ele se ajoelhou em frente a ela e segurou-lhe as mãos.

— Zofia, agora chega... Eles não conseguiram decidir o destino do mundo em dez milhões de anos, você acredita mesmo que teríamos alguma chance em sete dias? Amanhã, ao meio-dia, seremos separados, não vamos perder nem um minuto do tempo que nos resta. Conheço bem a cidade, deixe-me fazer deste dia o nosso momento de eternidade.

Ele a conduziu e os dois desceram a Quinta Avenida, na direção do Central Park.

Lucas a levou a uma pequena *trattoria* do Village. O jardim da parte de trás estava deserto nessa estação do ano e eles pediram um banquete. Subiram novamente até o SoHo, entraram em todas as lojas, trocaram de roupa dez vezes, doando as que usavam um minuto antes aos sem-teto que vagavam pelas calçadas. Às cinco horas ela quis que chovesse, Lucas desceu com ela a rampa de um estacionamento e a colocou entre duas vigas. Acendeu o isqueiro embaixo de um detector de incêndio e eles subiram de volta, de mãos dadas, debaixo de um aguaceiro só deles. Os dois saíram correndo às primeiras sirenes dos bombeiros. Secaram-se em frente a um gigantesco ventilador e entraram para se refugiar num complexo de cinemas. Pouco importava para eles o fim dos filmes, só os começos interessavam; eles trocaram sete vezes de sala, sem nunca dispensar uma pipoca durante as cavalgadas pelos corredores. Quando saíram já era noite na Union Square. Um táxi os deixou na esquina da 57th Street. Eles entraram numa grande loja que fechava tarde. Lucas escolheu um *smoking* preto, ela optou por um *tailleur* moderno.

— As faturas só vêm no fim do mês! — sussurrou ele ao ouvido de Zofia quando ela hesitou diante de uma estola.

Eles saíram pela Quinta Avenida e atravessaram o *hall* do luxuoso hotel em frente ao parque. Subiram até o último andar. Da mesa que lhes foi concedida a vista era sublime. Eles provaram todos os pratos que Zofia não conhecia e ela demorou para resolver a sobremesa.

— Isso só engorda dois dias depois — disse ela, escolhendo um suflê de chocolate.

Eram onze horas da noite quando entraram no Central Park. Ali a temperatura estava agradável. Eles andaram pelos caminhos margeados de postes de luz e se sentaram num banco sob um grande salgueiro. Lucas tirou o casaco e cobriu os ombros de Zofia. Ela olhou o pontilhão de pedra branca cuja abóbada passava por cima da alameda e disse:

— Na cidade aonde eu queria levá-lo tem um muro enorme. Os homens escrevem seus desejos em pedaços de papel e o introduzem entre as pedras. Ninguém pode tirá-los.

Um mendigo passou pela alameda, cumprimentou-os e a sua silhueta desapareceu na penumbra, sob o arco do pontilhão. Houve um longo momento de silêncio. Lucas e Zofia olharam para o céu, uma imensa lua redonda espalhava em volta deles uma luz prateada. Eles se deram as mãos, Lucas deu um beijo na palma da mão de Zofia, aspirou o perfume da pele dela e murmurou:

— Um único instante com você vale todas as eternidades.

Zofia se agarrou a ele.

Lucas tomou Zofia nos braços e, no segredo da noite, amou-a ternamente.

*
* *

Jules entrou no hospital. Foi até os elevadores sem que ninguém o notasse, os Anjos Verificadores sabiam tornar-se invisíveis quando queriam... Apertou o botão do quarto andar. Quando ele passou em frente ao posto de enfermagem, a enfermeira não viu a silhueta que avançava na penumbra do corredor. Ele parou diante da porta do quarto, esticou a calça de *tweed* com motivo príncipe-de-gales, bateu delicadamente e entrou na ponta dos pés.

Aproximou-se, levantou o cortinado que cobria a cama na qual Reine dormia e sentou-se ao lado dela. Ele reconheceu o paletó que estava no cabide e a emoção perturbou o seu olhar. Acariciou o rosto de Reine.

— Você me fez tanta falta — sussurrou Jules. — Foram dez longos anos sem você.

Ele depositou um beijo nos lábios dela e o pequeno monitor verde em cima da mesa-de-cabeceira registrou a vida de Reine Sheridan com um longo traço contínuo.

O ombro de Reine se ergueu e os dois partiram juntos, de mãos dadas...

*
* *

... Era meia-noite no Central Park e Zofia dormia no ombro de Lucas.

Houve tarde, houve manhã...

7

Sétimo Dia

Uma suave brisa soprava no Central Park. A mão de Zofia deslizou no encosto do banco e caiu. O frio das primeiras horas do dia a fazia tremer. Entorpecida pelo sono, ela apertou a gola do casaco em volta do pescoço e puxou os joelhos para ela. A palidez do dia que nascia se infiltrava pelas suas pálpebras fechadas. Ela se virou. Não longe dali, um pássaro piava numa árvore, ela reconheceu o chilreado da andorinha que saiu voando. Zofia se espreguiçou e os seus dedos tatearam à procura da perna de Lucas. A sua mão percorreu o assento de madeira sem nada encontrar, ela abriu os olhos na solidão desse despertar.

Ela chamou, sem que ninguém lhe respondesse. Então Zofia se levantou e olhou em volta. As alamedas estavam desertas, as marcas de orvalho intactas.

— Lucas? Lucas? Lucas?

Cada vez que ela chamava, a voz ficava mais inquieta, mais frágil, mais ferida. Ela girava, gritando o nome de Lucas, a ponto de ficar tonta. Os poucos ruídos das folhas revelavam apenas a presença de um vento insignificante.

Ela andou, febril, até o pontilhão, as mordeduras do frio faziam-na tiritar. Caminhando ao longo da parede de pedra branca, encontrou uma carta enfiada num interstício da pedra.

Zofia,
Eu a observo dormir. Meu Deus, como você é bonita. Você se vira nessa última noite, você estremece, eu a estreito contra mim, ponho o meu paletó em cima de você, gostaria de poder pôr um casaco em você em todos os seus invernos. Suas feições estão tranqüilas, eu acaricio o seu rosto e, pela primeira vez na minha vida, estou triste e feliz ao mesmo tempo.
É o fim do nosso momento, o início de uma lembrança que, para mim, durará por toda a eternidade. Em nós dois havia um tanto de realizado e um tanto de inacabado quando estávamos juntos.
Vou partir ao amanhecer, vou afastar-me passo a passo, para ainda aproveitar você a cada instante, até o último instante. Vou desaparecer por detrás dessa árvore para me render à razão do mal. Ao deixá-los me destruir, cantaremos a vitória dos seus semelhantes e eles a perdoarão, quaisquer que sejam as ofensas cometidas. Volte, meu amor, volte para a sua casa que é tão boa para você. Eu queria tocar as paredes da sua morada com odor de sais, ver das suas janelas as manhãs que se levantam nos horizontes que eu não conheço, mas que sei que são seus. Você conseguiu o impossível, mudou uma parte de mim. Eu gostaria que, de agora em diante, o seu corpo me cobrisse, e que nunca mais eu visse a luz do mundo, a não ser através do prisma dos seus olhos.
Onde você não existe, eu não existo mais. Nossas mãos juntas inventariam uma mão de dez dedos; a sua, ao se apoiar em mim, tornar-se-ia minha, e isso é tão certo que, quando seus olhos se fechassem, eu dormiria também.
Não fique triste, ninguém poderá roubar as nossas lembranças. De hoje em diante, para mim, bastará fechar os olhos para vê-

la, parar de respirar para sentir o seu odor, ficar de frente para o vento para perceber o seu sopro. Então, ouça: onde quer que eu esteja, ouvirei as suas gargalhadas, verei o sorriso nos seus olhos, ouvirei os lampejos da sua voz. Saber simplesmente que você está em algum lugar desta Terra, será, no meu inferno, o meu cantinho do paraíso.

Você é o meu Bachert.
Amo você.

Lucas.

Zofia se enroscou lentamente no tapete de folhas, segurando a carta entre os dedos. Levantou a cabeça e olhou o céu velado de tristeza.

No meio do parque, o nome de Lucas ressoou como nunca a Terra o ouvira ressoar; com as mãos totalmente estendidas para o céu, Zofia rasgou o silêncio e o seu apelo interrompeu a trajetória do mundo.

— Por que me abandonaste?* — murmurou ela.

— Não vamos exagerar tanto assim! — respondeu Miguel, que apareceu sob o arco do pontilhão.

— Padrinho?

— Por que está chorando, Zofia?

— Preciso de você — disse ela, correndo para ele.

— Eu vim buscá-la, Zofia, você tem de voltar comigo, acabou.

Ele lhe estendeu a mão, mas Zofia recuou.

---

* O autor faz uma analogia com o texto bíblico que relata as palavras de Jesus na cruz: "Meu Deus, meu Deus, por que me abandonaste?" Mateus, 27,46. *Bíblia-Mensagem de Deus,* Edições Loyola, São Paulo, 1993. (N. T.)

— Não vou voltar. Meu paraíso não é mais entre vocês.

Miguel se aproximou e pegou-a pelo braço.

— Quer renunciar a tudo o que o Pai lhe deu?

— De que adianta me ter dado um coração se era para deixá-lo vazio, padrinho?

Ele ficou de frente para Zofia e pôs as duas mãos nos ombros dela; olhou-a atentamente e sorriu, cheio de compaixão.

— O que você fez, Zofia?

Ela mergulhou os olhos nos dele, os lábios apertados de tristeza, sustentou o olhar e disse:

— Eu amei.

Então, a voz do padrinho foi ficando apagada, o olhar se tornou evanescente e a luz do dia lhe atravessava o rosto à medida que ia desaparecendo.

— Ajude-me — suplicou ela.

— Essa é uma aliança...

Mas ela não ouviu o fim da frase, ele havia desaparecido, Zofia não o ouvia mais.

— ... sagrada — completou, afastando-se solitária pela alameda.

*
* *

Miguel saiu do elevador, passou diante da recepcionista, que ele cumprimentou com um gesto impaciente, e foi num passo apressado pelo corredor. Bateu na porta do grande escritório e entrou em seguida.

— *Houston,* temos um problema!

A porta se fechou atrás dele.

Alguns minutos depois, a voz tonitruante do *Senhor* fez as paredes da morada tremerem. Miguel saiu em seguida, fazendo sinal para todos com quem ele cruzava nos corredores de que tudo corria da maneira mais satisfatória no melhor dos mundos e que podiam voltar aos seus postos. Ele se enfiou atrás do balcão da recepcionista e olhou, nervoso, pela janela.

No imenso escritório, o *Senhor*, que fixava com um olhar irado a divisória de compensado do fundo, abriu a gaveta a sua direta, fez deslizar o compartimento secreto e destrancou violentamente a segurança do interruptor.

Com um soco enérgico, apertou o botão de contato. A divisória deslizou lentamente nos trilhos e abriu o escritório do *Presidente*; agora as duas mesas formavam uma única, de um tamanho desmesurado, e os dois, sentados nas cabeceiras, estavam um de frente para o outro.

— Posso ajudá-lo em alguma coisa? — perguntou o *Presidente*, abaixando o jogo de cartas.

— Não posso acreditar que você teve a ousadia!

— Ousadia de quê? — sussurrou Satã.

— De trapacear!

— E fui eu quem trapaceou primeiro? — replicou o *Presidente*, num tom arrogante.

— Como pôde atentar contra o destino dos nossos enviados? Você não tem limites?

— Mas o mundo está mesmo de cabeça para baixo, só faltava essa! — escarneceu Satã. — Foi você quem trapaceou primeiro, meu chapa!

— Eu trapaceei?

— Perfeitamente!

— E no que eu trapaceei?

— Não me venha com essa cara angelical!

— Mas o que foi que eu fiz? — perguntou Deus.

— Você recomeçou! — disse Lúcifer.

— O quê?
— OS HUMANOS!

Deus tossiu e coçou a ponta do queixo, olhando para o adversário.
— Você vai parar imediatamente de persegui-los!
— Senão o quê?
— Senão sou eu quem vai perseguir você!
— Ah, é? Tente só para você ver! Já estou me divertindo! Na sua opinião, os advogados moram na sua casa ou na minha? — respondeu o *Presidente,* apertando o botão da gaveta.

A divisória de compensado foi, fechando lentamente. Deus esperou que ela chegasse na metade do percurso, inspirou profundamente e Satã ouviu a voz dele gritar do outro lado da sala:
— NÓS VAMOS SER AVÔS!

A divisória parou na mesma hora. Deus viu a cara espantada de Satã, que se havia inclinado para vê-lo.
— O que você disse?
— Você me ouviu muito bem!
— Menino ou menina? — perguntou Satã com uma vozinha preocupada.
— Ainda não decidi!
Satã se levantou de um pulo.
— Espere aí, já vou! Desta vez precisamos mesmo conversar!

O *Presidente* deu a volta na mesa, atravessou a separação e se sentou ao lado do *Senhor,* na outra extremidade da mesa... seguiu-se um longa conversa que durou... durou... durou até a *tarde...*

Houve manhã e...

8

... Uma Eternidade

Uma leve brisa soprava no Central Park...
Um amontoado de folhas começou a viravoltear, turbilhonando em volta de um banco à beira da alameda de pedestres. Deus e Satã estavam sentados no encosto. Viram-nos chegar de longe. Lucas segurava a mão de Zofia. Com a mão livre, ambos empurravam um carrinho com dois berços. Passaram diante dos dois sem vê-los.

Lúcifer suspirou de emoção.

— Pode dizer o que quiser, mas a menininha é a mais bem-feita dos dois! — falou.

Deus se virou, mediu-o dos pés à cabeça com uma cara zombeteira.

— Nós não combinamos que não falaríamos das crianças?

Eles se levantaram ao mesmo tempo e subiram a alameda, lado a lado.

— Combinado — disse Lúcifer. — Num mundo totalmente perfeito ou imperfeito, ficaríamos entediados, vamos esquecer isso! Mas agora que estamos sozinhos, pode contar! Você começou a trapacear no quarto ou no quinto dia?

— Mas por que você cisma que eu trapaceei?...

Deus pôs a mão no ombro de Lúcifer e sorriu:

— ... E o acaso nisso tudo?

*
* *

Houve tarde... e muitas outras manhãs.

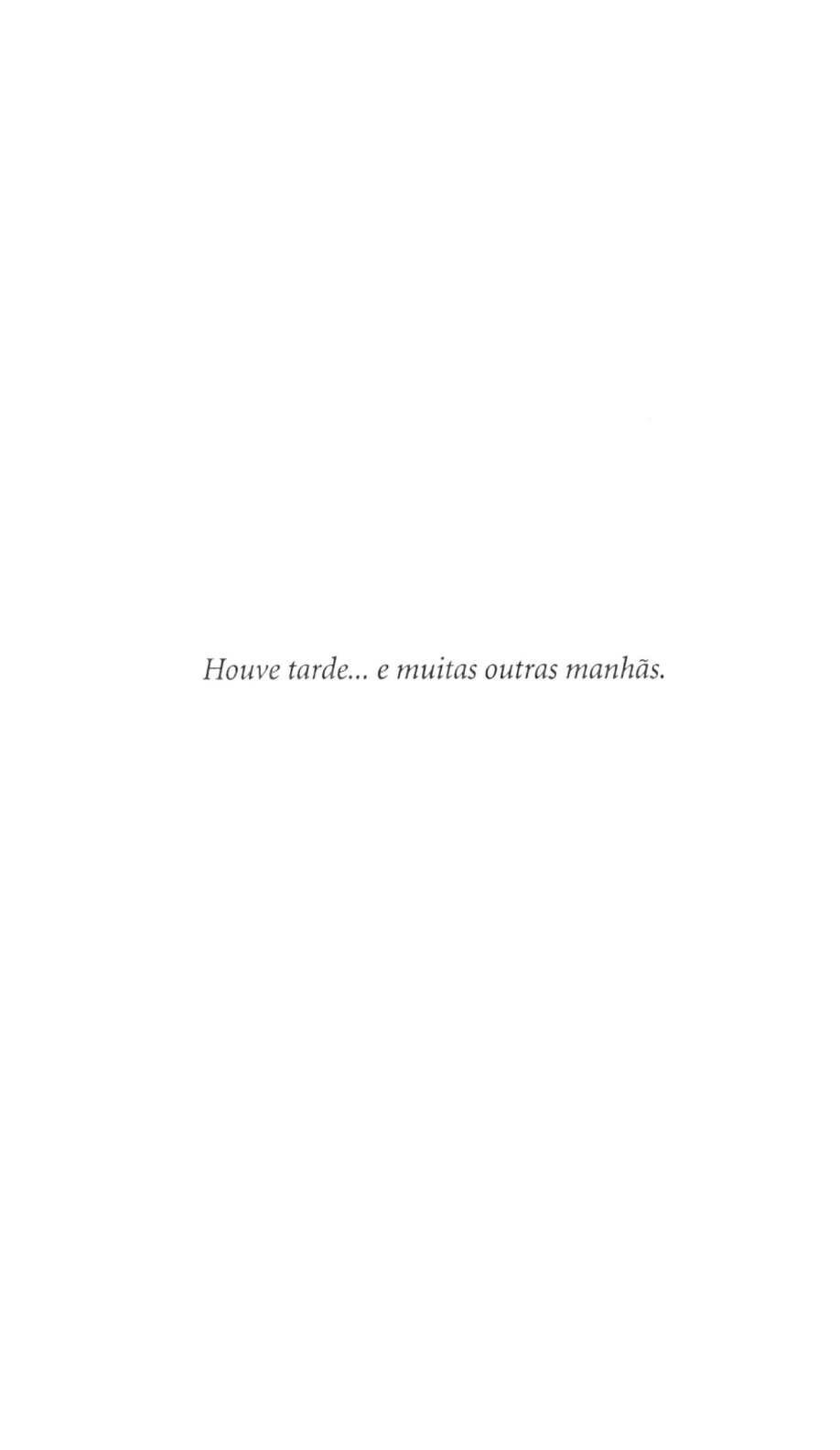

Agradecimentos

A Nathalie André, M. R. Bass, Éric Brame, Frédérique, Kamel Berkane, Antoine Caro, Philippe Dajoux, Valérie Djian, Marie Drucker, M. P. Fehner, Guillaume Gallienne, M. C. Garot, Philippe Guez, Sophie Fontanelle, Katrin Hodapp, M. P. Leneveu, Raymond e Danièle Levy, Lorraine Levy, Daniel Manca, M. Natalini, Pauline Normand, Instrutor IFR Patrick Partouche, J. M. Perbost, Senhorita Regen Tell, Manon Sbaïz, Aline Souliers, Zofia e

ao Sindicato dos Estivadores CGT do porto de Marselha,
Marie Le Fort,
Alix de Saint-André, pelo seu maravilhoso livro *Archives des Anges,*
Nicole Lattès, Leonello Brandolini

e

a Susanna Lea e Antoine Audouard.